Du aber, Mensch

우리가 우리이기 이전에

—

기쁠 때는 그저 즐겼고 슬플 때는 글을 썼습니다.
기쁨이야 모두의 마음이 되지만
슬픔이야 오롯이 혼자 껴안아야 하는 절정이니까요.

_ 05. 28. 2019

Du aber, Mensch

우리가 우리이기 이전에

우리가 우리이기 이전에

　　　　　모든 것이 모든 것이기 이전으로 돌아가고 싶다는 생각을 한다. 생각은 또 다른 생각을 이어서 한다. 그러니까 생각이 생각이기 이전에, 슬픔이 슬픔이기 이전에, 아마도 그 이전에야말로 진짜 마음이 있을지도 모르겠다 생각했다.

그러니까 마음이 아프기 이전에, 마음 이전으로 돌아가고 싶다는 생각을 한다. 이런 고백을 하기 이전에, 함께한 시간을 거슬러 올라 우리가 우리이기 이전에, 그러기 위해서 나는 나의 이전으로 돌아가고 싶다는 생각을 한다. 우리를 몰랐던 거기서 다시 모르는 사람으로 만나고 싶다는 생각을 한다.

이 책은 관계 속에서 내가 나를 일으켜 세우는 성찰 일기와 가깝다. 우리가 우리라고 말하기 이전에, 저마다 스스로 재생할 수 있는 마음을 길러내야 했다. 그리하여 마음은 단단하게 하는 나만의 메뉴얼을 기록해 나가야 했다.

혼자 남은 시간 속에서, 인간 사회 속에서 어려움에 봉착할 때, 문득 외롭다 느낄 때, 혼자 견뎌온 마음을 당신들에게 들려주고 싶다.

내가 당신의 아픔과 힘듦을 감히 알 수도, 위로할 수도 없지만, 아무도 당신을 위로해 주지 않는 어떤 날에는 이 문장들이 부디 곁에서 고요한 힘이 되어줄 수 있었으면 한다.

내가 나 이기 이전에 _____ 03

마음에 관하여　　　　　　　　　　　　　06

타성에 젖지 않을 것.

나의 가치를 내가 찾을 것.

찾아가는 삶이 아니라

내가 창조하는 삶을 살아갈 것.

누군가가 알아주기를 바라기보다는

내가 나를 알아봐 줄 것.

인간이 있었다

I

인간의 이면을 바라본다

　　　　　　　　상냥한 미소와 인사, 그리고 때
로는 퉁명스러운 지나가는 이들의 어투, 웃으며 환멸
하는 얼굴들.

자꾸만 표정 밖에 것들이 보입니다. 확신과 믿음으로
현혹하는 그 내면의 나약과 기만을, 거짓 웃음 뒤에 숨
어있는 어둠과 그림자, 또는 강인한 눈동자 뒷면의 불
안과 고독, 인간의 본성을 들여다보고 있습니다. 인간
들 속에서 끔찍하게 이것을 주시하고 있습니다.

모두가 진실이라 호소하고 믿는 세계의 이면에 정반대의 모습으로 발현하는 불편한 진실을, 나는 매 순간 바라보고 있습니다. 그러나 들킬 일 없습니다. 내 표정 역시도 내면을 감추는 데 유리합니다. 아무도 내면을 기웃거리지 않아서 여긴 안전합니다. 아무도 이 세계를 의심하는 자 없습니다.

당신의 당신은 안녕한가요, 우리는 왜 저마다 다다른 괴물을 숨기고만 있는 걸까요, 아니 모르는 채로 자신조차 자신을 알지 못한 채로 우리가 관련된다는 것, 서로를 갈구한다는 것이 얼마나 위험한 미래인가요.

나는 이제 당신을 조금 반대의 방식으로 만날 것입니다.

인간세계

　　　　　한 사람이 서 있다. 인간의 자리엔 생각이 뒤따른다. 그 곁에 또 한 사람이 서 있다. 관념이, 관점이, 판단이 뒤따른다. 또 한 사람이 다가온다. 이제는 내 편과 내 편이 아닌 것, 위안, 불안, 열등, 증오, 환락, 욕망, 질투, 소문 온갖 것들이 그림자처럼 뒤이어 도착하고 있다.

서로가 서로에게 인사를 건네는 장면을 본다. 또다시 소속감이 뒤따른다. 무리와 무리가 악수하자 사회가 만들어진다. 인간이 인간을 움직여 둘, 이상이 되어버린 장소에서는 단 한 번도 이것을 떠올리지 않을 수 없었다.

누구나 이곳에 관계되어야 한다

세상은 우리가 독립적이고 자주적으로 살아가길 원치 않는다. 사회 속에서는 아무도 독자적인 의견을 내세우지 않는다. 종속되고자 하는 인간은 무리 – 집단화하고 우리는 끊임없이 누군가로부터 결합하며 독립적 세력에 반대해 집결된다. 분열과 합치를 반복하며 불안으로부터 생존을 모색한다.

낡은 사회를 답습한 어른들은 타인에게 그 삶을 강요한다. 군중 속에서 조금이라도 다른 생각을 지니면 의심당한다. 직장에서도, 가정에서도, 숱한 관계 속에서도, 누구나 이곳에 관계되어야 하고, 누구든 밝게 웃는 사람이 되어야 한다. 내면의 허기를 감출수록 유리하고 잘 참는 사람일수록 유리하다. 우리라는 이름으로, 위로와 정이라는 대의명분으로 모두는 서로 연관되어야 한다. 그러나 근원적으로 그런 사회가 내게는 위로되지 않는다.

우리는 조금 달라도 된다

　　　　　　나는 관계가 고조될 때마다 발을 빼곤 했다. 누군가가 의지하고 가까워지고자 할 때마다 멀어져 가는 사람이다. 고양이의 습성에 가까운 나의 내력에 가까이 다가온 사람들은 모두 어리둥절했다.

고양이도 살고 강아지도 사는 것처럼 각자가 지닌 특수성에 따라 살아가는 것인데 나는 늘 암암리에 사회가 정한 관습적 규범 안에서 모난 돌과 같았다.

누구나 한 가지 눈부신 면모로 살아가길 바란다. 타인
이 규정한 인간상에 맞추기 위해 어쩌면 우리는 대부
분의 시간을 고민하며 살아야 할지도 모른다. 그러나
고양이가 강아지가 될 수는 없는 노릇이라 타인의 인
생을 부러워하며 흉내 내는 순간 주체자는 서서히 죽
어가기 시작하는 것이다.

인간의 고통은 하나의 환상을 만들어 그에 부합하는
사람으로 살아가고자 함에 있다. 불가능한 습성에도
불구하고 자신을 믿지 않고 타인에 대한 갈망을 따라
가는 까닭에 자신을 불행에 빠지게 한다.

때때로 사람들은 제도권을 벗어나 다른 구조로 살아가
는 나를 이기적이라 나무랐다. 나는 자주적이지 이기
적인 것은 아니다. 우리는 조금 달라도 된다. 각자에게
맞는 최선의 삶을 찾아가도 된다.

한마디의 말로 사람을 살릴 수 있고,

죽일 수도 있다는 것을

퉁명스러운 말투, 배려심 없는 언행, 이기적이고 배타적인 사람들을 자주 만나고 들어온다. 한 사람의 생사가 오가기에는 한 단어, 한 마디의 언어로도 충분했다. 경우 없는 조언, 한심하다는 표정, 이해가 아닌 오해, 남들과 다른 생각을 하고 다른 습성을 지녔다는 이유 하나만으로도 나는 현실 속에서 잦은 살인을 겪었다.

그럴 때마다 힘들지 말자고 말했다. 말 한마디의 영향력을 고려하지 않는 그들이, 그들이 만들어 가는 그 삶이 그다지 매력적이지 않고, 한마디 말의 파장을 생각하지 않는 사소한 배려를 놓치는 사람들의 세계가 그리 행복해 보이지는 않는다고, 밖을 바라보기보다는 여기 들어와 들으라고, 나는 내면의 여린 나를 자주 위로했다.

한바탕 태풍이 몰려들면 그 자리에서 잠시 휘청거리기도 하지만, 다행히도 내면의 목소리를 자주 귀 기울인다. 그 누구보다도 나는 제법 잘 지내고 있다.

그러나, 잡초는 강하다

　　　　　　자연으로 치면 식물성이 강해
예민하고 연약한 나는 마음이라곤 없는 어떤 장소에
가면 그렇게 감정적 타살감을 느끼곤 했다. 그러나 억
울하다고 타자에게 내 마음을 토로할 수도, 그렇다고
연약함에 스스로 상처받거나 타자에게 내 마음을 납득
시킬 수도 없는 노릇이다.

왜냐하면 강자가 이 생태계를 독식하는 것은 자연스러
운 생태이므로, 인간도 이 자연의 일부이므로, 당연한
현상인 것이다.

나는 자주 넘어질 의향이 있다. 때때로 지치고 심약해
진 날이면 어떤 사람들은 내가 자신들 앞에서 처참하
게 무너지기를 바랐다. 유감스럽게도 그런 자들 앞에서
절대 넘어지지는 않을 것이다.

나를 아프게 하는 것은 없다.
상처 줄 수 있는 자는 타인이 아니니까,
오로지 나 자신만이
상처를 주고받을 수 있으므로.

그러나 아프다는 생각이 아픈 것이지
내가 아픈 게 아니다.

힘들다, 라는 말도 오류다.
힘들다는 내 생각만이 나를 힘들게 함으로.

마음을 다할 것이다

참는 사람의 업무는 오로지 참아내는 것이고
뱉는 사람의 습성은 오로지 뱉어내는 것이다.
참고 참았다.

내면을 말할 곳 없어 앓았다.
말할 곳이 없어 앓았다는 것은
넋 놓고 말할 사람이 없다는 말이고
그냥 앓는 체질이기 때문이다.
그냥 그렇게 살아야 하는 체질이기 때문이다.

어둠 속에서 한 마디의 위로를 찾아 헤매었다.
내가 흔들리면 내 주변의 모든 것이 흔들린다는 것.
밤하늘의 별빛과 공기마저도
삶의 소중한 모든 순간 그리고 기억과 온도마저도
나의 이 사각지대마저도, 다 흔들린다는 것.

자주 실체 없는 마음에 휘청이기도 했다.
그렇게 침묵하는 밤은 외롭다.

때때로 맘 약해지고 넘어지더라도
마음을 다하는 일은 절대 포기하지 않을 것이다.
세상 앞에서 자주 무릎을 굽힐지라도
마음을 계속 살아갈 것이다.

그것만이 내가 가진 유일한 무기니까.

힘듦에게

당신은 나를 힘들게 하고 짓밟아도 좋아요.
손가락질하고 욕해도 좋아요.
나는 쉽게 무릎을 꿇는 기술을 익혔고
그러고도 웃으라고 한다면 웃을 수 있는 여유가 있죠.
어땠건 애쓴 건 당신이니까
수고했어요.

유감스럽게도 저를 아무리 흔들어도
무너뜨리지는 못할 거예요.

당신은 나를 힘들게 할 수 없죠.
나를 힘들게 하는 건 나 자신밖에 없거든요.

흔들린다

어쩌면 지나쳐 갈 아주 작은 일들이
내 삶의 전부를 흔들었는지도 몰라,
아주 사소한 슬픔 하나가 확대된다.

때로는 그것이 무너지게 하지,
마치 당장 죽을 것처럼,
더 살 의미가 없어진 것처럼,
그러나 아무도 죽지 않았고.
우리의 삶은 흔들린 채 계속 유지되는 것이지,

마음은 얼마나 여린 것인지,
그러면서도 얼마나 질긴 것인지.
여기에 이렇게 서서 쉼 없이 흔들린다 내가,
그리고 네가.

『 사라지는, 살아지는 』 중에서

당신의 행위와 나는 무관하다

악운이 한꺼번에 몰려드는 기분이 들 때면 지친 상태에서 발끝까지 세웠던 위태로움이 한꺼번에 쏟아져 내리곤 했다. 모두가 어우러져 조화롭게 살 수만은 없나 보다. 생각에 침잠하다 보면 감정이 쉽게 동요되어 흔들리기 딱 좋은 조건이 된다.

그러나 환경에 무너져 내리기를 반복할 수만은 없다. 타인의 행위와 나는 무관하다. 무관하다는 입장은 관계의 피로와 위기 시마다 평형감각을 유지하는데 무척이나 도움이 되었다.

동요되지 않을 것. 그런 일에 휘청거리며 넘어질 무릎을 결코 내어 주지 않을 것.

저마다의 역할

삶이란 다 저마다의 이유가 있는 것이고 삶을 극복하는 것도 좌절하는 것도 개개인의 몫이라 함부로 판단하거나 조언할 일이 아니었고, 다만 저마다의 역할과 극복해 나가야 할 개인의 업이 있다고 생각했다.

어떤 인간이라도 지금 자신의 몫을 다하고 있다. 행복한 사람에겐 행복을, 질투하는 사람들은 질투를, 모함하는 사람들은 모함을, 슬픈 자들은 슬픔을, 모든 인간은 자신을 다하며 오늘을 충실히 만들어 가고 있다. 그렇게 밤과 낮이 조화를 이루며 하루를 이루고 있는 것이다. 타인의 역할에 억울해하지도, 실망하지도 말 것.

그렇다면 나의 역할이 무엇일까. 동요되거나 흔들리지 않고 삶이라는 나의 일과를 묵묵히 수행하기로 한다.

소문에 관해서

모함과 이간질, 타성과 동조, 주인공은 없고, 확대되어 떠돌아다니는 소문과 편견이 이따금씩 누군가의 명찰을 대신하고 사람과 사람 사이에서 타고 돌곤 한다. 한 사람을 무너뜨리는 일은 아주 간단하고도 비밀스럽게 진행된다. 어쩌면 가해자보다도 더 잔인한 사람은 사건을 타인에게 전파하는 사람들이고 그보다 더 잔인한 사람들은 그 소문을 믿는 사람들이었다.

때로는 항설을 전해 듣는다거나 곤경에 빠뜨리는 사람들이 있다. 그럴 때일수록 나는 덤덤히 내 일을 해야 했다. 소문은 멀리 나아가는 듯하지만, 결코 시간을 이기지는 못한다. 요란한 사건들도 다른 사건을 찾아 곧 잠잠해질 것이다. 사람의 언사가 결코 행동을 이기지는 못하는 법이다. 소란이 침묵을 결코 이기지 못할 것이다.

무너지지 않는 유일한 방법은 동요되지 않고 할 일을 묵묵히 하는 것.

누군가가 너에게 해악을 끼치거든 앙갚음하려 들지 말고 강가에 고요히 앉아 강물을 바라보아라.
그럼 머지않아 그의 시체가 떠내려올 것이다.

『 도덕경 』 중에서

그러니까 어떤 파문 앞에서 자신에게 이렇게 명령할 것.
잠시 이 몸을 밟고 지나가라. 감사하게도 곧 곁에는 떠나갈 사람들과 남는 사람들이 아주 잘 보일 것이니.

상처에 관해서

상처를 받는다는 건 누군가가 내게 귀했던 까닭이고 내게 귀한 사람들은 상처를 줄 사람들이 아니기 때문에 상처라는 단어가 무용해질 만큼 나를 단련시켜야 했다.
하나 남은 자존심이라고 하면 오로지 내가 나에게만큼은 상처가 스며들도록 허용하지 않겠다는 것.
어쩌면 그것만을 지키기 위해 사는지도 모르겠다.

나의 기록들은 간혹 흔들리는 나를 일으켜 준다. 힘들 때마다 생각한다. 또 오셨구나. 오세요. 실컷 흔들어보세요. 내가 그렇게 쉽게 흔들릴 줄 아나.

모든 상처는 사실. 이 인생에 꼭 한번 스치고 가야 할 과제라서 그 숱한 상처들이 나를 단단하게 했구나 싶었다.

남들이 다 받는 그 흔한 상처 나도 잘 받지만, 상처는 모두가 받을 수 있지만, 중요한 사실 하나는 상처를 이겨내는 건 아무나 할 수 없다는 사실, 그 앞에서 나는 그 흔한 아무나는 되지 말자는 생각을 한다.

어떤 이름의 비수가 마음을 겨눈다고 해도 이제 상처가 더이상 나에게 큰 의미로 작용하지 않았으면 한다. 나는 늘 나의 명령만을 기다리고자 한다.

스스로에게 만큼은 흔한 사람 되고 싶지 않아서 늘 어려운 길을 택한다. 그러나 어려운 길을 가 보는 것도 아무나 할 수 있는 건 아니니 나에게 만큼은 늘 대견하다 말해주고 싶었다.

세계의 정립은 반드시 세상 속에서 세울 수 있다. 그럼에도 나는 나를 지켜내는 일은 동시에 진행한다. 나는 섞이면서도 고유한 색을 유지하는 일을 동시에 하고 있다.

사람에게 받은 상처는 사람으로 인해 치유되는 것. 어려운 일은 일로써 극복되는 것. 갑갑한 생각들은 갑갑한 생각을 풀어헤쳐 그 안에서 해결해야 하는 것.

고통은 고통 속을 들어가 고통이 더 이상 고통이 아니기까지 바라볼 것. 그리고 그것이 떠나가는 것을 막지 않을 것. 그 방식을 현재는 믿어본다.

우리가 우리이기 이전에

II

치유되지 않은 마음들

　　　　　　　　　　살아갈 날 보다 살아온 날들이 더 많아질수록 이제 어른들은 내상의 기억만으로 살아가야 할지도 모른다 생각했다. 여기엔 모두가 웃고 있는 듯했지만 보이지 않는 이면에는 아프고 다친 마음이 참 많았다.

숱한 관계 속에서 상처를 준 사람들은 거칠거나 난폭한 사람들보다는 언제나 친근한 사람들, 되려 조용하고 조심스러워 보이는 사람들이었다. 아마도 이들은 상처를 많이 받으며 살아왔던 터라 내면에 숨겨둔 칼날이 어떤 관계의 양상에서나 갈등 속에서 상당이 거센 태도로 발현하는 듯하다. 자신을 보호하기 위한 방어기제로 인해 서로를 속수무책으로 찌르게 되는 가혹함을 어쩔 수 없었다.

치유되지 않는 마음들이 마음을 날카롭게 하여 서로 주고받는다는 사실을 목도하면 누군가와의 관계를 확장하거나 지속하려고 애쓰기보다 덧나기 전에 어서 내 상처를 돌봐야겠다는 생각이 든다.

내 상처가 또 다른 누군가를 겨냥하지 않도록 너무 가까이 다가가는 것보다 때로는 일정한 거리 속에서 서로가 치유되기를, 마음이 어서 재생되기를 기다려 주는 것이 마음과 마음을 맞댄 채 애쓰는 것보다 더 나을지도 모른다는 생각이 들기도 한다.

이상하게도 상처를 주는 사람은 없고 모두는 상처를 받았다고만 말했다. 아무도 자신이 가한 행위에는 관심이 없고 타인들에게서 받은 상처만을 감싸쥐고 있었다. 그러나 상처를 받는 사람들이 더 상처를 준다는 사실, 자신들의 그 아물지 않는 상처가 타인을 겨냥해 상처를 전이한다는 사실, 모두는 상처를 주는 동시에 모두는 상처를 받는 존재이다.

그러나 사실, 상처를 주는 사람과 받는 사람도 없다.

이곳엔 상처를 다스리는 사람과 다스리지 못하는 사람만 있다.

당신은 당신을 비판하는 사람보다
잘 살고 있다

만약 지금 누군가가 당신을 부정적으로 비판한다고 하더라도 동요되지 않았으면 좋겠다. 왜냐하면 그 비판은 당신과 상관이 없기 때문이다. 그 비판의 몫은 오로지 상대의 것. 그건 상대가 그런 마음과 삶을 산다는 것이고, 당신이 애써 그와 싸우거나 억울해하지 않더라도 그는 충분히 피곤한 삶을 살고 있다는 방증이니까.

그러므로 그의 생각과 무관하게 우리는 우리의 삶을 긍정적으로 유지해가면 된다. 누가 뭐라고 하더라도 당신은 당신을 비판하는 사람보다는 잘살고 있다. 숱한 목소리들에 동요되지 않으며 세상을 즐기며 살아가는 당신은 그 누구보다도 더 잘살고 있다.

우리는 무관합니다

다만 한 가지만 떠올릴 것. 내가 아무리 어떤 노력을 한다 해도, 타인은 그들이 지닌 마음의 모양대로 나를 평가하기 때문에 그 평가와 나는 무관할 것.

똑같은 내 모습임에도 불구하고 부정적인 사람들은 나를 최대치로 부정했고, 긍정인 사람은 나를 최대치로 긍정했다. 그건 나이기도 하고 내가 아니기도 하다. 그런 시선에 동요되지 않는 마음이 유일한 진실이므로, 무관할 것. 철저히 무관할 것.

평가는 평가대로 내버려 두고 변명하거나 설명하거나 슬퍼하거나 억울해하지도 말 것. 최선을 다해 묵묵히 존재하며 제 할 일을 해나갈 것. 자신에게 해주는 평가만큼은 긍정적일수록 노력할 것. 스스로 당당하다면 어떤 평가도 두려워하지 않을 마음일 것이다.

우리에겐 적당한 무관심이 필요하다

누군가를 만나면 기대 심리가 작용하여 난감할 때가 종종 있다. 나는 관계 속에서 적당한 무심을 지키려 애쓰기도 한다. 만약 내가 당신에게 말을 건넨다면 그 대답이 두려웠을 것이고, 만약 내가 당신에게 부탁한다면 그 거절에 실망할 수도 있다.

내가 당신에게 희망을 말한다면 절망이 불안했을 것이고, 내가 당신에게 무언가를 말한다면, 그 말에 의한 모든 무게에 내심 근심이 생겼을 것이다.

내 마음을 믿지 않는 당신을 이따금 불평하기도 할 것이지만, 내가 당신 곁에서 침묵한다면 모든 것은 발생하지 않을 것이다.

서로가 가까워질 마음의 준비가 되지 않은 우리에게 서로의 기대로부터 독립하는 것, 심리적 의존성을 벗어나는 것이 어쩌면 우리가 만나는 것보다도 더 필요한 태도이지 않을까 생각해 본다.

편견과 선입견, 상처라는 아집

모든 편견과 선입견은 성숙하지 못한 에고, 그리고 편협한 생각과 관계되어 있다. 그의 편견은 그의 아집으로 인한 것이므로 오로지 그의 몫이다. 나는 그것과 무관하다. 그러나 이따금 나를 향하는 타자의 비난은 나의 에고를 강하게 결집시킨다. 그의 에고에 반한 나의 마음이 작용하는 것이다.

그럴 때 내가 해야 할 일은 타인과 싸우는 것도 아니고 불편한 심기를 견디는 것도 아니었다. 이제부턴 발생한 상처라는 내 아집과 대화할 것. 고통을 만드는 것은 타인이 아니라 내 에고이므로.

마음은 자주 이해도 노력도 아닌 작용하는 것이라서 간혹 어떤 사람 곁에서는 내면의 그림자가 몸집을 키운다. 어떤 작용을 하는 사람을 만날 것인가, 나는 타인에게 어떤 작용을 하는 사람인가, 다시 마음을 재정비할 시점이다.

우리라는 이름으로

우리는 서로를 밀치거나 경계하면서 마음과 생각은 서로에게 감정적인 애착을 다 한다. 반대로 서로에 대한 열린 마음, 관심과 함께 마음의 독립과 분리를 할 수 있다면, 우리는 좀 더 더 건강한 관계를 지속할 수도 있었을 텐데.

나는 관계 속에서 당신을 피하고 경계하기보다도 당신에게 애착을 가지는 내 마음과 감정을 분리해야 했다.

거울같은 마음일 수만 있다면

　　　　　　　　자아는 내 곁을 스치는 그 무엇이든 자석처럼 끌어와 붙잡고 아무것도 놓아주지 않겠다고 한다. 자아는 줄곧 타인에게 마음을 옮기고 자신과 동일시한다. 타자에게 전이한 내 마음이 그에 상응하는 반응이 없을 때, 결국 상처를 받고 분노하는 것이다. 결국 상처를 받는 것도 주는 것도 나 자신뿐이라 생각했다.

때로는 마음 안으로 아무것도 붙잡지 말고 가만히 느낄 수 있다면, 거울과 같은 마음일 수 있다면, 마음에 비치는 하나의 상을 왜곡하지 않고 그대로 떠나가도록 무심해질 수 있다면, 강물처럼, 바람처럼, 거울 밖으로 사라진 당신들을 자꾸만 마음 안에 이름표를 붙여 쌓아두지는 않았으면, 그렇게 맑게 흘러갈 수만 있다면, 그러나 인간의 마음은 모든 걸 쉽게 놓아주지 못하고 있다.

마음의 스펙트럼

　　　　　내가 저편을 가리키며 붉다, 라고
말하자 상대는 고개를 가로젓는다. 빨간색을 본 적 없는
그에게 붉은 계열을 설명해 보아도 설명할 길이 없다.
그의 세상은 파란색이 전부여서 파란색을 믿는 그에게
다른 색감의 세상을 설명할 수 없었다.

우리가 바라보는 이 같은 하늘마저도 저마다의 경험에
따라 볼 수 있는 높이가 다르고, 온도가, 색감, 질감이
다 달랐다. 서로가 지닌 마음의 스펙트럼이 상이한 까
닭에 우리의 대화는 자주 오독되곤 했다.

하나의 색만을 믿는 사람에겐 이해할 수 없는 색이 많
았다. 우리는 서로가 서로에게 너무나 무지한 색맹이었
고, 서로 스며들기도 전에 틀렸다며 쉽게 단정 짓곤 했
다.

애초에 성립되지 않는 마음

어쩌면 우리는 대화 속에서 서로를 이해를 해보려 노력했는지도 모른다. 그러나 아무리 생각해도 이해가 되지 않는 말을 종종 하곤 했다. 이해라는 것은 애초에 성립되지 않는 마음이어서, 살아본 적 없는 삶을 이해한다는 것은 불가능 한 일에 가까워서, 차라리 누군가를 향해 이해가 안 된다고 말하기보다는 경험한 적이 없어서 모르겠다고 말하는 편이 나을 수도 있겠다.

타인을 살아보지 않고서는 아무것도 알 수 있는 것이 없으므로 대화는 타인과 자신의 색을 이야기하는 것이 아니라 고요히 스며드는 것, 살아보는 것, 그럼에도 이해가 되지 않는다면 스스로가 얼마나 폭넓은 스펙트럼을 지녔나 고민해볼 일이다.

당신을 살아본다는 건

타자의 목소리에 귀 기울여 울어보는 것.
타자의 몸을 빌려 입고 그가 되어보는 것.
그 순간 분명 당신은 또 다른 세계를 획득하게 된다.
삶은 언제나 상이하면서도 기묘한 접경에서 무한히
확장되는 우주이다. 언어는 한 세계와 한 세계를 잇는
가교 역할을 한다.

당신의 삶에게 손을 뻗는다.
당신을 살아본다는 건, 또 하나의 우주를 건너가는 것
그 순간 다시 태어나 다음 생을 더 살아보는 일이다.

『 당신의 글은 어떻게 시작되었나요 』 중에서

대화라는 것은 분명 타인을 살아보는 일이다. 그러니까 보고 싶다, 고 말하기보다도 그는 어떨 때 보고 싶을까를 떠올려 봐야 했다. 말하라는 말보다도 상대가 어떨 때 마음을 쏟아내는지 느껴보아야 했다.

우리는 일방적으로 자신의 감정에만 앞서 대화를 시도해 타인을 놓치곤 한다. 대화는 어쩌면 대화 밖에 있는지도 모른다 생각했다. 타인을 알려 하지 않은 채 자신의 마음만으로 관계를 지속하려 하는 까닭에 어떤 접경에서부터 우리가 멀어지는 건 너무 당연한 일이었다.

당신은 무엇을 좋아하는지, 어떤 것을 떠올리는지, 지금 이 시간 무엇을 생각하는지, 떠올려 본다. 어떻게 살고 있는지, 어떤 상심 속에 하루를 보내고 있는지, 나는 당신의 보이지 않는 마음, 삶의 면모를 구석구석 살아 봐야 했다.

애초에 우리는

애초에 우리는 타인을 이해해보고 싶지 않으면서도 누군가와 만남을 지속하고 싶어했는지도 모른다. 나는 이런 사람이야. 라고 자신의 입장은 강경하면서도 타인은 변화하기만을 바랐는지도 모른다. 애초에 우리는 스스로 마음을 허물 시도도 하지 않으면서 누군가와 가까워지기만을 고대했다. 멀어짐은 너무나 당연한 순서 같았다.

대화법

　　　　　말을 하면서 자신이 어떤 방식으로 말하는지 듣는 것을 동시에 해야 한다. 혼자 말이 아닌 타자와의 뒤섞임. 그 속에서 내가 뱉은 말의 성격을 알아내는 것. 관계의 시작도 관계의 지속도 결국 그 말 한마디의 성격이 결정 짓는 것이다.

관계라는 것은 마음의 일이고, 마음이라는 것은 에너지의 파장에 가까워서, 단지 입을 통해서만 그것을 표현할 수 있는 우리들에게 호흡과 호흡, 말과 침묵에 어떻게 뒤섞이는지 서로의 에너지 흐름을 고려해야 했다. 단지 흘러들 것. 스며들 것. 어떤 대화 속에서 정답과 입장을 표하지 않을 것.

진심

　　　　　　누군가를 만나면 이상하게도 단
순히 녹아내려 편해지는 사람이 있고, 편해지려고 노력
해보는 사람도 있고, 편하지 않아 불편한 사람이 있다.
마음은 오늘도 숱한 사람들 곁에서 작용과 반작용을 하
며 흐른다.

우리가 되지도 못하고, 우리 이전으로 돌아갈 수도 없는
아는 사람만 많아진다는 건 생각보다 불행한 일이 되어
간다. 감정적 애착과 함께 거꾸로 마음을 방어하는 사
람들을 대한다는 것은 나에게는 정말 어려운 일이 아
닐 수 없다. 그리하여 만남을 시작하기 이전에, 헤어지
는 사람들이 많아진다. 분명 서로를 소개하고 인사를 나
눈다고 해서 관계가 형성된 것은 아니다.

대화라는 것은 단순한 만남이 아닌 상호 소통이라서 타인을 수용할 기본자세가 전제되지 않는다면 만나지 않는 것보다도 못한 관계가 되곤 했다.

말하는 사람은 마음을 숨기기 급급했고, 듣는 사람은 들으려 하기보다는 판단하기 급급했다.

한 번씩 관계 속에서 솔직해지지 못할 때, 진심을 그대로 말할 수 없을 때, 진심을 내비쳐도 상대가 진심으로 받아들이지 못할 때, 우리는 줄곧 상처받곤 한다. 상처는 자꾸만 마음을 가리는 일에 열중하고 도무지 서로의 진심은 가까워지지 못하고 있다. 마음의 상대가 눈앞에 있는데도 이제는 쉽게 서로가 다가서지 못한다.

만나자는 말 대신 거리를 두자고 말해야 하는, 우리는 자꾸만 이상한 고백을 하는 어른이 되어 간다.

솔직하게 마음을 밝히는 것은 어른들 사회에선 마치 금기인 듯하다. 더 솔직한 사람이 덜 솔직한 사람에게 약자가 되는, 그리하여 마음을 가리고 웃어야 관계하는 인간들 곁에서 나는 자주 회의감이 밀려든다.

나는 어떤 표정을 지어야 할까, 어떤 이야기를 해야 할까, 나는 점차 타인이 원하는 언어를 구사하며 모국어를 잃어가는 느낌이 들었고, 말이 되지 못한 감정들이 자주 신음을 하는 밤을 보낸다. 진심은 이제 내 안에서 모습을 달리해 점차 어두워져 가고 나는 이제 시들어가기 좋은 환경이 되어간다.

서로를 붙잡거나 의지대로 관계를 지속할 수도 없는
노릇이다. 가까워지지 않는다고 섭섭해할 수도 없다.
그럴 때면 나는 소모하지 않는 방식으로 마음을 따른
다. 누군가의 마음을 수차례 두드려 보고도 인기척이
없으면 문 앞에서 수로를 변경해 다른 곳으로 나아간
다. 내가 흘러들어야 할 사람들이 미래에도 너무 많기
때문이다.

단단한 방

저마다 타고난 성향과 기질은 고
유성을 지니고 있는듯하다. 환경과 타고난 성격이 결부
되면 돌이킬 수 없는 한 사람의 견고한 인격이 완성되
어 버린다. 어른이 된다는 것은 이러한 집성체로 살아간
다는 것, 어느덧 확고해진 정신세계는 이제 두꺼운 장벽
을 이루겠다.

점차 높아지는 자아의 벽과 벽, 부술 수 없는 경계와 경
계, 이러면 안 되겠다 싶어 문밖을 나서다가도 이내 되
돌아오고 마는 것, 이번에는 조금 변화해보자, 당신들
을 이해해 보자 싶다가도 서로가 살아온 단단한 방으로
다시금 귀가하고 마는 것. 좁은 내면에 앉아 하나의 완
벽한 환영을 만들어 인연을 시도하고, 그조차 실패로
돌아가자 다시금 빗장 하나를 더 내걸고 마는 것.

높이 쌓아 올린 제집을 스스로 부수어 내는 것만이 타인에게 마음의 자리를 내어 주는 방법이지만 그건 이미 짙게 형성된 제 손금을 바꾸는 것처럼 쉽지 않아서, 돌멩이와 돌멩이처럼 우리는 제 안에 갇혀 깊어져 가는 관념 앞에서 자주 외롭다고 말하곤 했다.

노력이라는 말

　　　　　　　수많은 단어 중에서도 노력과 이
해라는 말은 참 힘이 많이 필요한 단어 같다. 타인에게
노력한다는 말은 무언가 애를 쓴다는 말이고, 애를 쓴
다는 건 그만큼 쌓이거나 덧난다는 의미여서 결국 서로
다른 생애에 대해 온전히 꿰뚫어 본 적 없는 마음을 노
력한다는 것은 서로가 소모되는 방식에 가까웠다.

이해의 또 다른 말은 아집과 같아서 나의 확고한 입장
이 없었다면 애초에 이해조차 필요 없었을 것이다. 이
해하자, 는 마음이 생기기 전에 이미 자연스레 우리가
스몄을 것이다.

그러나 우리는 오늘도 타인을 위해 이해를 노력하려고
애쓴다. 애쓴다는 모든 감정은 부작용을 동반한다. 어
쩌면 노력과 이해라는 단어는 타자를 향한 것이 아닌 오
로지 자신만을 위해 사용해야 하는지도 모른다.

나를 사랑해야 한다

나를 사랑하지 않고서는 그 누구도 사랑할 수가 없고, 나를 믿지 않고서는 그 누구도 믿을 수가 없다. 이상하게도 내가 아프면 상대도 아프고, 내가 즐거우면 상대도 즐거우며, 내가 흔들리면 상대로 흔들리고 내가 편안하면 상대도 편안해서,

내면의 불안을 다스리고 고독을 다스리고 마음의 고요를 얻는다면, 오랜 시간 나만의 아름다운 하나의 정원을 내면에 만들어 놓는다면, 분명 머지않아 나비도 찾아 들고, 새들도 찾아올 것이라 믿는다.

자연

        자연을 마주할 때면 많은 것들이 보인다. 저 풍경을 만들어가는 관록, 똑같은 것 하나 없으면서도 전체의 아름다움을 고요히 이루는 자연의 포용을 느끼고 나서야 나는 비로소 위로받는다. 인간도 그렇다. 같은 모습이더라도 서로는 너무 다른 생태를 살아간다.

오래전 나는 텃밭에 저마다 다른 환경의 식물을 재배했다. 두엄을 만들어 건조하게 해주면 좋아하는 야채들, 고랑을 파내어 촉촉함을 계속 지속해주어야 살아가는 식물들, 그들은 한 뼘의 거리를 두고도 저마다의 생존법이 다 달랐다.

인간은 고등 동물이면서도 말을 한다는 것. 그리고 자신만의 확고한 입장을 가진다는 것. 그리고 그것을 강요한다는 것만으로도 생태계의 교란을 일으키고 고통받기에 충분하다.

그럴수록 나는 자주 지혜로운 식물을 가까이하게 된다. 그들은 말이 없고 자신만을 다하기 때문이다.

똑같은 조화가 되기를 원하는 사회 속에서 메말라가는 기분이 들 때면 더더욱 자연을 찾아 생명을, 호흡을 채워야 했다.

처방전

　　　　　　　늘, 어떤 심란 속에서도 자연은 유일한 처방전과 같았다. 지치는 날엔 사람이 아닌 이 불립문자의 풍경 속에서 더럽혀진 온몸을 닦았다.

자연의 속도로 걷다가, 그들의 시간에 편입한다. 바람에 몸을 맡기는 나무처럼, 서서히 손가락을 서서히 펼쳐보는 일, 햇살을, 봄바람을, 그리고 유속의 시간을 만져보는 일, 꽉 웅크린 양 손을 펼쳐 보는 일. 그 것만 으로도 이상하게 마음이 편안해 지는 것이다.

『 사라지는, 살아지는 』 중에서

그 순간 바람이 떠나감을 실천한다.

꽃이 흔들림을 실천하고

낙엽은 떨어짐을 실천한다.

이념도, 관념도 없이. 희망도 좌절도 없이.

무경계

저 높은 하늘처럼, 물처럼, 바람처럼, 어떤 벽도 타고 넘는 들풀들처럼, 경계 없이 살고 싶다는 생각을 한다. 세상에서 유일하게 인간만은 모든 걸 분리하고 명명하고 의미를 만들며 세상의 모든 것들로부터 분열한다. 벽과 벽, 국가와 국가, 내 것과 네 것, 이편과 저편, 모든 것을 나누고 침투하지 못하게 선 긋는다. 스스로 마음의 거리를 만들고 경계를 긋고 그 안에 스스로가 갇히며 외롭다 말한다.

다다른 면모를 지닐 것

나는 몇 개의 옷을 지녔을까. 각기 다른 사람들을 대하는 여벌의 옷가지가 많았으면 좋겠다. 다섯이면 다섯의 마음을 사로잡고 열이면 열의 마음을 편안하게 하는.

화려한 옷을 입은 세상의 사람들과 달리 간소하게 살아가며 마음만은 정말 많은 옷을 지녔으면 한다.

그러니까 다다른 면모를 지니기를, 원색보다는 많은 색이 섞여서 누군가와 공통분모를 많이 만들어내는 그런 사람이 되고 싶다. 모든 색을 지녀서 어떤 색과도 어색하지 않는 색이 되고 싶다.

살아본 적 없는 삶에 대해서 말하지 말 것.

그러니까 나의 삶이 당신의 삶에 대해서

그리고 어제와 내일에 대해서도

희망과 절망, 고통에 대해서

내가 살지 않는 그 모든 삶에 대해서

아무것도 말하지 말 것.

상대의 가치를 재거나 판단하지 말 것.

이해시키려 하지도

나와 다르다 분별하거나 안쓰러워하거나

동정하지도 말 것.

타인의 삶이 답답해질 때면

나의 편견을 나무랄 것.

차분히 내 삶을 살 것.

도움을 요청하면 도와줄 것.

그러나 그런 것에도 관계에도 욕심내지 말 것.

고통의 원인

　　　　　　관계 속에서 모든 고통의 발현은
사실 외부적인 요인이라기보다는 자신이 가장 큰 원인
일 것이다. 모든 갈등은 확고하며 깨어지지 않는 관념
과 환경과의 충돌 같아 보인다.

내 것이라 믿고 있는 지식, 상식, 그리고 그를 바탕으
로 형성된 사상과 입장, 단단하고 고집스러운 자아는
자신을 무한히 괴롭히고 있었다. 우리는 늘 당신과 내
가 다르다는 관점을 고집했다. 이해가 되지 않는다는
생각이, 그 생각들이 자신을, 그리고 타인까지 힘들게
한다는 것에 의심의 여지가 없다.

편견이 강한 사람은 저 스스로 사방의 철창을 만들어
제 몸을 가둔다. 편견은 고통을 만든다. 내가 만든 하
나의 거대한 허구에 내가 속아 넘어지는 셈이다.

하나의 환상이 무너져 내렸을 때

기대만큼이나 슬픈 좌절은 없고
믿음만큼이나 커다란 배신은 없었다.

누군가로부터 하나의 환상이 무너져 내렸을 때, 가까운 곳에서는 탄식이 흘러나왔다. 먼 곳에서부터는 왠지 모를 안도의 탄성이 흘러나왔다. 위로와 기피, 불안과 안도.
이제 진실의 실체가 눈앞에 드러났을 때, 인간은 그다음의 환영을 찾아 떠나야 하는 존재이다. 슬프게도 우리는 언제까지고 우리가 서로 머물기 위해서 하나의 일관된 상을 절대 포기하지 말아야 할 것이다.

그리하여 나는 오늘도 멋진 옷을 입고 거리를 나선다. 삼삼오오 무리 지어 지나가는 사람들, 모두가 환호하는 그 세계의 규칙 속으로 나는 오늘도 이를 악물고 웃으며 걸어 들어가야 했다.

힘듦은 나를 실험해 볼 수 있는
가장 좋은 조건

때로 과부하가 걸릴 때 즈음이면 그 상황이 대면하기 끔찍하면서도 다행이라는 생각을 동시에 한다.

넘어지는 상황이 없었다면 나는 일상의 이상 신호를 인지하지 못한 상태로 돌이킬 수 없이 고장이 나 버렸을 것이고, 넘어지는 상황이 없었다면 이 상황 속에서 남은 사람과 떠나간 사람들을 분별할 수 없었을 것이다. 그리하여 불필요한 에너지 소모를 더 많이 했을 것이다.

어떤 실수를 했을 때 형식적인 문제를 따지는 사람들과 그 상황의 성패를 저울질하는 사람들, 자신들만은 피해가 가지 않도록 상황을 피하는 사람들, 어떻게든 나를 걱정해주고 염려해주는 사람들이 있었다.

사회 속에서 한 번씩 넘어질 때면 눈먼 채 달려온 삶을 재정비하기 위해 꼭 필요한 시간이어서 다행이라는 생각도 동시에 든다. 때로는 어떤 상황들이 반갑다. 힘듦은 나를 실험해 볼 수 있는 가장 좋은 조건이니까.

소용돌이 한가운데에 서 있으면 휘몰아치는 것들과 제자리에 남는 것이 더 명확하게 보인다. 나는 이따금 찾아 드는 태풍을 반기는 사람이다. 떠나갈 것들은 저절로 떠나가므로, 이제 나는 남는 것들을 선명히 바라보며 그것들을 위해 살기로 한다.

좋은 사람

좋은 사람이 되고 싶다 생각했다. 그러니까 좋은 사람이 되기 위해서 나는 이제 좋은 척하는 사람이기를 포기하려 한다.

타인의 인정 앞에서도 충족되지 않는 결핍은 나를 대신하여 채워지지는 않는다. 이제는 타인의 칭찬, 그들이 선호하는 내 외면보다도 아직 아물지 않은 상처투성이인 내면의 본 모습을 안아주는 것이 어쩌면 지금은 더 중요한 일 같아 보인다.

분명 좋은 사람은 좋은 척하는 사람이 아니라 어떤 상황속에서도 마음의 평정을 유지하는 사람일 것이다. 그런 사람이 되기 위해선 참는 사람보다는 할 말은 할 수 있는 사람이어야 하고, 그건 내게 상당한 용기가 필요한 일이지만, 이제는 마음을 감추면서까지 누구에게나 착해 보이기 보다 기꺼이 냉정할 수 있는 용기를 지니고 나 자신을 먼저 돌볼 수 있는 사람이 되려 한다.

그런 사람

　　　　　허물어져도 좋을 사람, 아무 선입견 없이 펑펑 울어도 좋을 사람이 한 명 쯤 있으면 좋겠다는 생각을 했다. 아무렴 그런 사람이 없더라도 온전히 기댈 수 있는 이 밤이, 마음대로 울 수 있는 어둠이 있어서 괜찮다고 생각했다. 그 정도도 충분히 괜찮다고 생각했다.

『사라지는, 살아지는』중에서

살리는 사람

가끔 그런 날이 있다.
단지 단 한 명 때문에 모든 것이 무너져 내리는 날.
더 견딜 수 없는 낭떠러지에서
까마득한 발끝만을 바라볼 때면
또 다른 한 명이 나타나 뒷덜미를 낚아채며
살라고 하는 날.

한 사람이, 단 한 사람이 가진 영향은 대단하다.
그 한 사람이 누군가의 삶을 죽이기도 하고
누군가를 구원하기도 한다.

나는 누군가에게 어떤 존재일 수 있을까 생각해본다.
아무 말 없이 존재만으로
당신을 살리는 사람이고 싶다.

그대로 있었다

숱한 밤과 낮, 바람처럼 오고 가는 인연들, 기쁨과 슬픔, 희망과 좌절, 변화무쌍한 순간순간의 회오리와 죽을 것 같은 날들 속에서도 우리가 죽지 않고 살아있는 이유는 우리는 그 무엇 보다 강하기 때문이다. 변한 것을 제외한 나머지인 전부가 애쓰지 않아도 묵묵히 지키고 서 있기 때문이다.

나만 정신 차리고 돌아보면 언제까지나 내 곁을 한 번도 벗어난 적 없는 세계가 그 자리에 그대로 있었다.

사라지고 남은 모든

밀물과 썰물처럼 오고 간다. 사람들이, 환한 미소와 함께 다가와 차가운 표정과 함께 빠져나간다. 온다. 또 간다. 어두운 밤 높은 빌딩에서 도심을 바라보는 것처럼, 가만히 서서 빠져나가고 들어오는 자리를 메우는 희미한 인파의 빛줄기를 본다. 이제 점차 흐려지는 잔상만 남은 그 자리에 서서 나는 다가와서 사라지는 이 장면들을 보며 많은 밤을 지새워야 했다.

사라지는 것들이 남긴 상처가 이토록 질기게 남아 마음을 덧댄다. 사람은 떠나고 없는 이 밤의 어둠은 마치 켜켜이 쌓인 멍 자국처럼 유독 검고 짙었다. 인간에게서 인간적인 연민과 회의감이 동시에 들 때면 이렇게 무언가를 써서 배출하는 것으로 남은 시간을 대신하기도 한다.

검은 밤에 속해서 빛이 사그라드는 전경을 바라보는 건 참 고독한 일이다. 그러나 이제는 안다. 모든 게 지나간 자리, 컴컴한 어둠에 속하고 나서야 서서히 도시의 윤곽이 드러나는 법. 고요한 내 내면의 밀실을 열어보는 일. 까마득한 적요 속에서 초를 켜는 일. 이 중심에서부터 서서히 불을 밝히는 일.

아파하기엔 살아온 생의 시간에 너무나 미안한 일. 살아갈 날들보다도 짧은 만남의 상처로 인해 생애가 흔들리는 기분이 들기도 할 때면 다시금 이렇게 내면에 들어 초를 켠다. 가장자리로 지나가는 것은 늘 요란한 법. 요란한 만남은 늘 지나가기 마련이다.

이제부터 나는 화려한 빛줄기보다는 고요히 흔들리는 촛불이 꺼지지 않도록 나 자신만을 예의주시하려 한다.

차가운 표정의 안쪽

당신의 퉁명스러운 얼굴을 지그시 바라본다. 하나의 무표정한 얼굴, 고정된 시선, 어딘가 차갑고 경직된 당신의 얼굴 속에서 나는 깊은 연민과 공감을 느낀다.

하나의 표정을 완성하기까지 당신이 얼마나 많이 웃었으며 울었는지, 나는 안다. 얼마나 주변에 놓인 이 사람들을 사랑했는지, 그리하여 긴긴 어둠에 사무쳐 얼마나 깊은 고독을 만끽했는지, 슬픔과 유사한 어떤 감정을 얼마나 오랫동안 저 홀로 더듬어 왔는지, 표정 안쪽에 얼마나 많은 감정이 숨어 있는지, 실은 당신은 얼마나 여린지, 나는 그런 것이 보인다.

말 없는 눈빛이 왜 자꾸만 마음을 쏟아내는지, 들키고 나면 불편해질 서로의 뒷모습 같은 것들이 자꾸만 보인다. 나는 자꾸만 그런 것들이 보인다.

나는 조금 반대의 방식으로 당신을 만나는 사람이다. 울음 속에서 웃음을, 웃음 속에서 울음을, 그것만이 진정 진실에 가깝게 말을 건다. 우리는 이제 어떤 표정으로 어떤 고백을 할 것인가.

서로가 서로를 알아가기까지 우리는 그 간격 앞에 놓인 장벽을 하나씩 허물어가야 했다. 화장을 지우고 얼굴 속 상흔과 눈물을 꺼내어 보여줘야 했다. 서로를 사랑하려면 밝고 아름다운 것보다도, 어둡고 못생긴 것에서부터 바로보아야 했다.

이것은 난해한 지침서가 아니다. 당신에게 들려주는 나의 진심이고 고백문이다.

당신이 되어 보아야 했다

누군가의 생에 귀 기울여 듣는다는 것은
두 개의 삶을 살아보는 일.
살아본 적 없는 아픔을 듣는다는 것은 더 깊어지는 일.

어지러운 대화 속에서
나는 줄곧 그녀의 안녕을 기도했다.
우리 서로 행복해야 할 이유가 차고 넘쳤다.

그녀의 눈 속에서 한 편의 소설을 읽었다.
한 사람의 일생이 나의 마음을 통과해
지독히 아프고 절실했다.

오늘은 수 세기를 견딘 기분이 든다.
그녀가 오늘 밤에는 편히 잠들기를
앞으로의 생이 행복하길 바란다.

한 권의 책보다 깊어져 가는 일은
사람과 사람들 속에서 마음을 읽는 일이다.

이해 따위가 아니라 직접 몸소 부딪혀봐야, 부딪혀 마
음을 한껏 앓아봐야 그것이 어떤 향을 지녔는지, 어떤
빛을 띠는지 알 수 있던 까닭에,

그 누구도 살아본 적 없는 시간에 대해
아무것도 말할 수 없더라.
그 아픔을 알 수도 없더라.

당신이 되어 보아야 했다.
그렇구나, 그랬구나.
하고 당신을 울어보기도 했다.

두 눈을 감아도 머리를 흔들어도

달아날 수 없는 존재라는 것.

그리하여 자꾸만 안으로 파문을 일으키는 것.

탄성 같은 것.

그것만이 가장 가까운 위로였다는 것.

내가 나를 위로한다는 것.

내가 나이기 이전에

III

타협

나약한 내가 춥고 힘들다, 고 말하자 이성의 내가 그깟 것 힘들다고 하면 앞으로 어떻게 살래? 말한다. 그래도 이전에 비하면 사이가 나쁜 내 자아들이 툴툴거리면서도 제법 말을 섞는다.

그래, 이게 힘들다고 말하면 안 되지,
그 정도로 무너질 내가 아니잖아!

이쯤 되면 나는 두 개의 의견에 타협점을 찾는다. 힘들다는 생각만이 나를 힘들게 한다는 결론을 도출한다.

실컷 흔들어봐. 나는 쉽게 좌절하지 않지. 이 고비를 계속 걸어 나갈 거야. 난 그다음이 늘 궁금하거든.

감정이 앞서 넘어지려 하다가도 이성의 의식은 재빨리 화답한다. 그 정도로 무너져 내리진 않아. 나는 너를 믿어. 믿어. 너를. 너는 강하고 유연하지. 아름답고 빛이 나지. 나는 너의 어두움 밑바닥까지 사랑하거든. 그리하여 나는 이 삶을 피하거나 도망치지 않으려 한다.

상처는 상처의 것

자주 내면의 웅크린 아이를 토닥이며 말하곤 했다. 괜찮아, 두려움을 잘 사용하면 너의 친구가 되어 줄 거야.

자주 주춤했다. 시도보다는 포기가 빨랐고, 포기보다도 변명과 합리화가 더 쉬웠다. 아무도 혼내지 않는 어른이 되었는데도 무엇이 이렇게 앞으로 나아가기 두렵게 하는지 몰라. 오늘도 숱한 절망 앞에서 내가 나에게 말을 걸어야 했다. 치유되지 않는 마음의 내상은 견고히 쌓여간다.

그럴 때 나는 또다시 말한다.

아무것도 아니야. 상처를 받을 수도 있지만,
상처는 상처의 것.
상처는 상처대로 내버려 두고
너는 너의 길을 가면 된다. 그뿐이란다.

존재의 이유

"근래 제일 기분 좋은 칭찬이 뭐예요?"

누군가에게 하나의 질문을 받았다. 기억을 더듬어 보며 아주 간단한 칭찬 하나를 떠올려 보려고 노력했다. 그러나 나는 어떠한 대답도 생각해내지 못했다.

'내가 칭찬을 받았던 때! 내가 칭찬을 받았던 때?'

집에 돌아오는 길가에서 그것에 대해 오래 생각했다. 그리고 오랫동안 느껴왔던 나의 자조적 감정을 들여다본다.

나는 매번 함부로 뱉어대는 사람들의 언행에 자주 상처를 받아왔다. 세상은 각박했고 아무도 서로에 대한 인정을 용납하지 않았다. 늘상 존재에 대한 타자의 외면을 느꼈고 나는 그 무리 속에서 점차 움츠러드는 사람이 되었다. 아무도 타자의 존재를 입증해주지는 않는다.

인간의 불행은 어쩌면 존재의 결핍이지 않을까 생각했다. 누구나 생각한다, 나를 알아주기를, 인정해주기를, 안아주고 위로해주기를, 칭찬해주기를. 그리하여 자존감을 회복하는 방법은 인간의 가장 일차원적인 욕망의 "존재감"을 스스로 믿고 증명해 가는 삶이었다.

모든 역사 속에서 인간들은 서로를 죽이고, 투쟁하고, 때로는 상생하며, 세상을 만들어 왔고 그러한 반복은 여전히 진행 중이다. 저 높은 건물이며, 사람들의 울분이며, 정치판의 싸움이며, 성공의 욕망, 부의 욕망, 살인과 자살, 우울과 분노, 욕구와 환락, 분열과 경계, 그것은 어쩌면 자신의 존재를 입증하기 위한 필사적 몸부림일지도 모르겠다. 불안하고도 미약한 존재들의 몸부림 말이다.

모든 생각은 나로부터 시작하여
나로부터 종결한다.

　　　　　　같은 하루를 살더라도 불만이 많
은 사람과 힘듦 속에서도 좋은 면만을 골라 배우는 사
람들이 있을 것이다. 그 하루하루가 모여 오랜 시간이
지났을 때 나는 어떤 사람이 되어 있을까. 적어도 한
쪽에 고여있지 않고 계속 나아갔으면 좋겠다.

우리는 매 하루 감정을 일으키고 누르는 감정 소모를
끝없이 한다. 그러나 힘듦과 고통을 자처하는 것은 나
밖에 없다는 사실을 안다면 타자가 아닌 내적 갈등을
일으키는 장본인이 오로지 본인임을 인지한다면 그것
을 잠식시킬 방법도 분명해진다. 원인이 되는 갈등은
오로지 나 스스로 종결할 수 있다.

내 나라의 지도

인간이든 감정이든 경험이든, 이 길을 가면 안 된다는 것을 알면서도 끝 간 데를 가보고야 만다. 길을 잃거나 낭떠러지에 굴러떨어져 토사물을 뒤집어쓰고 마음을 절룩거리기도 하겠지만, 가보아야 나의 길을 나의 지도를 완성할 수 있으므로.

개척할 땅이 많다는 건 참으로 고되지만, 세상의 고뇌와 고독은 곳곳에 혼재하겠지만, 그래도 믿고 가봐야 한다. 훗날 내 나라의 지도를 완성하면, 더는 방향을 잃지는 않을 것이라고 믿기 때문이다.

멋진 사람

기꺼이 상처받는 것을 두려워하지 않고
손 내밀 줄 아는 용기를 지닌 사람.
생각하지 않고, 판단하지 않는 사람.
가장 낮은 곳에서부터 스며들 수 있는 사람.
말보다는 행동하는 사람.
몸소 믿음을 보여주는 사람.
타인을 인정할 줄 아는 사람.

오늘의 업무

두려워하지 않을 것.

내 탓을 할 것.

판단하지 않을 것.

스스로 가치 있는 사람이 될 것.

그리고 그 가치를 전파할 것.

도움을 요청하면 누군가를 도울 것.

내 가치를 알아주는 사람을 만날 것.

정서적 자립을 할 것.

그리고 자주적일 것.

나를 성장시키는 환경을 만들 것.

타인에게 좋은 영향력과 좋은 생각을 전할 것.

불행은 불행의 것이다. 행복은 행복의 것이다.
불행과 행복 모두 나와는 무관하다.

순수는 순수로서, 더러움은 더러움으로서 내버려 둘 것.
행복은 행복으로서, 불행은 불행으로서 내버려 둘 것.

나는 내 아픔을 두고,
그저 지나쳐 가야 함을 운명으로 믿는다.

『 이, 별의 사각지대 』 중에서

마음을 재정비해야 할 때

　　　　　　　　가끔 하는 모든 일이 무용해지는
경험을 한다. 나는 가장 가까운 곳에서의 행복도 실현
하기 힘든데 무엇을 실현하기 위해 그리 분주할까.

가장 가까운 나, 그리고 주변도 기쁘게 하지 못하는데,
무엇을 변화시키고 싶어 할까, 무엇을 위해 사는지 들
여다볼수록 점점 미궁일 때, 나는 급기야 마음이 흔들
리기 시작한다.

모두가 고군분투로 살아가는 듯하다. 그 속에는 목적
도 방향도 잃은 채 방황하는 인간이 남긴 지독한 상처
만 가득하다. 그럴 때면 때때로 나는 멈춰 서서 우선순
위를 점검하고 삶을 다시 구성해야 한다.

감정과 나는 무관하다

이따금 내면에 어떤 감정이 일 때, 감정은 그대로 놓아둔다. 감정과 나는 철저히 무관해야 한다는 마음을 취한다.

감정과 자아를 분리하지 않는다면 어느새 나는 감정의 지배를 받고 만다. 그때는 이미 늦어 감정이 나라고 착각하게 되고 내 일상을 흔드는 일이 발생한다.

마음에서 어떤 기분이 든다면 그것에 빠져 허우적거리기 전에 감정의 관찰자가 되어서 가만히 주시해야 한다.

내 삶에 주어는 바뀌지 않는다.

내가 간혹 힘들다고 해서 힘듦이 나는 아니다.

나는 최선을 다해 힘들 것이나

감정에 나의 자리를 결코 내어주지는 않을 것.

나는 감성을 다루는 사람이지

감정적이거나 감성팔이는 아니다.

이 삶의 프로이니까.

슬픔의 성을 쌓은 자 만이
누군가를 위로할 수 있음을.

슬픔이 슬픔이기 이전에

IV

아무도 행복을 권유할 수 없다

행복이 무엇일까 고민을 해봐도 단정 짓기는 쉽지가 않아 보인다. 어쩌면 행복이란 저마다의 다 다른 경험과 성격과 취향과 관점의 차이여서 정해진 하나의 개념으로 정의할 수 없고 그것에 도달하는 방법도 세계의 인구만큼이나 다다르기 때문에 시대적 요구와 타인의 기준과 무관하게 각각 저마다의 조건에 맞게 우리는 자신만의 행복을 찾아가야 한다.

사회는 슬퍼하면 안 된다고 가르치며 행복에 대해 너무나 같은 동기를 지향하는 것 같다. 행복을 위한 방법들이 있지만, 개개인의 삶에 다 적용이 되는 것은 아닌 까닭에 그 누구도 뚜렷이 행복을 쉽게 권유할 수는 없다. 그리하여 자신만의 행복을 발견하기 위한 메뉴얼을 만들어야 할 것이다.

삶을 누차 다양하게 시도를 해보며 결과적으로 그 방향이 행복감을 주는지, 행복의 만족감이 찾아오지 않는다면 방법을 달리해 우리는 부단히 정반대가 되어가며 자신을 연구할 필요는 있어 보인다.

자주 변한다는 것은 사람들이 두려워하는 성질이기도 하지만, 모습을 달리하는 자신의 면모가 미심쩍고 확신이 들지 않는 경우도 있지만,

최선은 물처럼 계속해서 흐르고 변모하며, 강줄기를 만들어 내는 것. 종국에 당도하는 자신만의 고요한 강을 찾아내는 일이다. 그 용기의 신념만은 변하지 않고 언제까지고 가슴에 꼭 쥐고 나아가 보려 한다.

휘몰아치는 순간

휘몰아치는 순간은 영원해 보이고 세상은 탐탐 그런 나를 노려요. 저는 두 눈을 부릅뜨고 걸어요. 그럴 때면 다 내가 만든 허상들이죠.

그냥 기를 쓰지 않고 그 시기를 보내요. 바쁘게, 다시금 고요가 찾아 들면 내가 만든 풍경 속에 내가 빠지는 모습이 객관적으로 보이기 시작해요. 그러면 건져 올려 다시 걸어가는 거예요.

때로는 펑펑 울어도 좋다.

눈물은 의지이니까

눈물은 혁명이니까

눈물은 마음에서부터 무릎을 세우는 자세이니까.

『 이, 별의 사각지대 』 중에서

슬픔은 나의 편

밤이 넘칠 때마다 밤이 되어버리면 위로가 되었다.
그런 방식으로 슬픔이 찾아 들면 슬픔이 되어버리곤
했다. 그러면 더 이상 슬프지 않았다.

나는 슬픔이 아닌데 왜 슬플까, 생각하다 보면 슬프다
고 생각하기 때문에 그 생각이 슬펐던 것이고, 그럼에
도 불구하고 슬픔이 가시지 않는다면 온통 슬픔이 되어
버리면 되는 것이고, 슬픔을 내 편으로 삼아 온통 슬픔
이 되고 나면, 그러면 이상하게도 눈 뜬 아침부턴 아무
렇지가 않은 것이다.

,

슬픔은 슬픔을 모르고 기쁨은 기쁨을 모르는데,

『 사라지는, 살아지는 』 중에서

슬퍼해도 괜찮다

슬픔이 무슨 잘못인데 슬퍼하지 말라고 가르치고
아픔은 또 무슨 죄로 아파하지 말라고 할까.
아무도 내게 행복을 알려주지 않았더라면,
우울을 처방하라고 가르치지 않았더라면,
나는 조금 더 살만한 사람이 되었을 수도 있겠다.

행복이 어떻고, 우울함이 어때서,
살면서 슬퍼해도 괜찮아, 라고 위로해주는 사람이
단 한 명만 있었어도
나는 조금 더 살만한 사람이 되었을 수도 있겠다.

울어,라고 말하는 어른이 없어서
나는 아픈 어른으로 성장했다.
아직 내면에는 성장하지 못한 아이가 살고
그 아이에게 다 큰 성인의 내가 이제서야 위로해 준다.

그래. 아팠구나. 이제는 마음껏 슬퍼해도 괜찮다.

감정의 속성

슬프다. 라거나 기쁘다. 라는 마음속에 얼마나 많은 감정이 섞여 있는지 분리할 수 있는 사람이 있을까요. 불행을 떨쳐낸다고 불행이 사라지지 않듯, 그 어떤 감정도 단칼로 잘라 버릴 수는 없는 노릇이었습니다. 그리하여 저는 저의 오랫동안 밀어내었던 두려운 감정을 온전히 안아주는 일을 현재 하고 있는지도 모릅니다. … 살아있는 동안은 최선을 다해 울고 웃으며 살 것입니다. 모든 감정을 다 통과하면서요. 아마도 저는 그런 걸 포기하지 않고 할 겁니다.

『당신의 글은 어떻게 시작되었나요』 중에서

감정은 단일한 질료를 가지고 있지 않아서 슬프고도 아름다운 무엇, 기쁘고도 공허한 무엇, 행복하고도 이상한 마음이 동시에 발생하는 것, 분해하여 명확한 이름을 붙여 줄 수 없는 것들 뿐이었다.

내 작은 세계의 규율

힘이 들 때면 눈물이 난다. 기쁘고 좋을 때도 눈물이 난다. 힘이 들어 울다가도 따뜻한 공깃밥을 먹으면 감사해서 또 눈물이 난다. 나는 슬픔과 환희를 도무지 결정짓지 못하는 사람이다.

진심의 한 땀 한 땀 만들어낸 눈물이 아름답다고 말할 수 있는 세상이 있다면 나는 부자가 될 수도 있겠다. 하지만 이곳 세상은 눈물은 금기여서 어디에서도 나는 쉽게 참아야 하는 사람.

그러나 누군가의 울음을 당황해하거나 외면하는 사람들을 금기하는 것, 그것은 내 작은 세계의 규율이다.

아이는 더 울어야 했다

벤치에 앉아 아이들이 뛰노는 장면을 본다. 비명을 지르고 웃는 아이들, 빙글빙글 뛰다가도 넘어지면 울고 다시 일어나 웃는 아이들, 체내 에너지를 억제하지 않고 모두 소진하고야 집에 돌아가 곤히 잠드는 그들은 아무 감정도 남길 것이 없다. 어른이 된다는 것은 감정을 자꾸만 억제하는 사람이 된다는 것.

저기 한 아이가 달려가다 넘어진다. 넘어진 자리에서 아이는 펑펑 운다. 세상이 떠나가도록 운다. 엄마는 난처해하며 아이를 계속해서 나무란다.

울지 마. 울지 마! 시끄럽게 왜 울어!

나는 그 장면을 계속 바라본다. 펑펑 울어, 라고 더 크게 울라고 말하는 어른이 있었다면.

아마 그랬다면 아이는 눈물을 금방 그쳤을 텐데, 우리는 진정 슬픔을 다룰 줄 모르는 어른이 되어간다.

울음은 아픔과 서러움, 분노와 관심. 이 모든 게 뒤 섞인 자아의 목소리이다. 그 소리를 한껏 내뱉지 못한다면 잔여 감정들은 마음에 오래오래 남아 평생을 괴롭힐 것이다.

내면에 울음을 남기지 않아야 한다. 발끝까지 뻗어나가는 그 감정이 지나가게 길을 만들어 주어야 한다. 감정이 하나의 감정이 되기 전에, 감정 에너지를 억제 함으로써 자아로 깊이 흡수되기 전에, 그것이 의미와 단어, 언어를 갖기 전에, 울음을 그 자리에서 다 방류해야 한다.

울음이 가장 어둡고 깊은 마음속에서 이름을 지니고 자아의 몸을 키우기 전에, 그 거대한 페르소나가 평생을 점령해 살기 이전에.

아이는, 아이는 더 울어야 했다.

슬픔이 슬픔이 되기 전에

　　　　　그러니까 슬픔을 슬픔이라고 부르게 되기 전에 나는 더 많이 아파야 했다. 온몸에 점령한 감정이 나를 떠날 수 있도록 그것을 놓아줘야 했다. 결집해 하나의 거대한 몸집을 만든 감정들이 이러한 말을 가지기 전에.

나는 슬픔이라고 이름을 붙여 줌으로써 나를 위안하려 했다. 그런 식으로 모든 감정마다 개별적인 특징과 의미를 부여했다. 그러나 묵혀둔 감정을 완전히 해방하기에는 너무 많이 참으며 살아온 것이다.

그러니까 슬픔이라는 감정이 슬픔이 되기 전에, 그 무엇이 그 무엇이 되기 전에, 나는 그것을 충분히 느끼고 보내줄 수 있어야 했다.

넘어질 용기

아무도 혼내는 사람이 없는데도 혼날 것 같은 두려움에 한 발짝 나아가기가 쉽지 않은 어른이다. 아주 작은 일에도 죽을 것처럼 좌절하는 일이 늘어간다. 저기 놀이터에는 쉽게 넘어져 펑펑 울고 나서도, 친구들과 한바탕 싸우고 나서도 곧잘 아무 일 없이 해 맑게 뛰노는 아이들이 있다.

별일 아닌 거야, 넘어지면 단순히 툭툭 털고 다시 일어서면 되는 일인데, 넘어지는 일에 용기를 내보면 그만인데, 상처가 두려운 이유는 뭘까. 나는 최선을 다해 나아가며 쉽게 다치고, 또 쉽게 아무는 저 아이들과 같았으면 좋겠다고 생각한다.

슬픔이라는 환영

우리는 슬픔이라는 감정을 자아에 투영하여 자신의 것이라고 믿는 까닭에 자주 아프다고 말하곤 했다.

그러나 슬픔은 우리가 만들어낸 하나의 환영일지도 모른다. 슬픈 게 아니라 우리는 그 감정을 믿고 싶어 하는 건지도 모른다.

감정은 무엇이든 붙잡아 두려고 손을 뻗는 미성숙한 에고의 고질적 장난 같아서 그것에 쉽게 전도되지 말고 잘 놀고 난 후 남김없이 잘 보내줘야 한다.

눈물의 자세

그러니까 펑펑 움, 으로써 나는 내 아픔을 이해하는 듯하다. 내 아픔을 이해할 수 있는 건 사실 나밖에 없는 거니까. 이 눈물은 그 누구보다도 간단한 것이 아니라는 걸 잘 아니까, 때로는 힘들 때 펑펑 울고 나 자신을 잘 다독여 주기를 나에게 빌었다.

가끔 울고 싶은 순간이 있다. 그럴 때면 참지 않으려 한다. 눈물은 나에게 간곡히 말을 걸고 싶다는 신호이니까, 다시금 내가 나에게 하는 하나의 소통이라 생각하면 기꺼이 반갑다. 아팠다는 것은 그만큼 자생할 준비를 하고 있다는 의미고, 아직 마음이 건강하다는 신호 같아서 나는 나의 눈물에 다행이라고 말했다.

눈물은 쏟아진 자리에서 다시금 무릎을 세운다. 그것은 분명 한껏 고백하고 나서야 또다시 강하게 나아가는 동력이 되는 것이다.

아픈 인간

텅 빈 마음으로 나 역시 아이처럼 살고 싶었다. 당신들 곁에서만큼은 철없이 울고 웃는 어린아이이고 싶었다. 그러나 어쩐지 이 사회 속에서는 자신을 감추는 자들에게 유리한 것 같다. 과묵하다는 것, 견디는 것, 참는 것이 하나의 미덕인 사회 속에서 나는 점차 표정을 잃어가는 사람이다.

달라이라마는 아이처럼 울기도 하고 웃기도 하는 단순함을 지녔다는 이야기를 들은 적이 있다. 마음을 더 감출 이유도 가릴 필요도 없음을 실천하기 때문이다. 그는 분명 마음을 대범하게 운용하는 능력을 지녔다고 생각했다. 나 역시 그처럼 천진난만한 아이들의 순수성 그대로 늙어가는 사람이 되고 싶었다.

그러나 슬프게도 나는 반대의 인간이 되어간다. 타자의 편견을 견딜 재간이 없어 선을 긋고 거리를 만드는 모든 인간은 과거로부터 자신의 상처를 극복하지 못하였는지도 모른다. 그러나 정신적으로 고양된 사람들은 아이처럼 천진난만하다. 두려울 것도 두렵다고 떨 이유도 없다는 걸 알기 때문이다.

그러나 나는 아픈 인간이라 오늘도 적당한 표정을 장착하고 두꺼운 마음을 입고 거리에 나선다. 도심에는 이렇게 멋지고 아픈 사람들이 많았다.

행복의 의미

한때는 행복의 의미에 갇혀 자주 우울했던 유년이 있었다. 내가 이쪽을 행복, 이라 말하자 울타리 너머의 것들은 온통 행복 아닌 것들로 가득했고 이쪽을 넘보며 늘 불행을 상기시켰다. 그 시절 작은 울타리 안에서 행복만을 껴안고 모두 등진 나는 하나도 행복하지 않았다. 그러나 지금 생각해보면 행복은 너머의 고통과 불안까지 수용하는 여유를 의미하는 것 같다.

양면이 없는 마음은 기형과도 같아서 나의 어둠이 밝음을 밝히듯 슬픔이 기쁨을 알게 하듯 대립하는 모든 것은 통합하고자 한다. 이면과 양면을 포용하여 양극을 줄여나가는 것이 고통을 최소화하려는 방법일 것이라고, 불행과 행복은 동의어일지도 모른다고 생각했다.

부족함이 늘 우세하지만, 그것은 채울 수 있다는 의미이고 때로는 삶이 서운하지만, 그만큼 애정을 다하는 하루를 산다는 의미니까 더 많이 아플 것. 더 많이 울 것. 그리고 좌절하는 이 과정을 다행이라 말할 것.

이중 세계

우리는 현실과 이상의 이중 세계를 사는 중이다. 현실 세계는 암흑과 전쟁터 같았고 이상 세계는 평온한 낙원과 같았다. 아슬아슬하게 줄타기를 하듯 두 세계를 넘나든다. 그러나 삶이란 하나의 면모만을 보여주지는 않아서 하나의 세계를 떼어낼 수도 없는 노릇이다. 종종 우리는 아름답고 화려한 세계에 발을 옮겨 놓고 살고자 했다. 그리하여 낭만, 희망, 꿈과 사랑이라는 영토에 집을 짓고 그곳을 실재라 믿기도 했다.

그러나 우리가 한쪽을 행복이라 부르는 순간 그곳을 제외한 나머지 현실 세계는 유감스럽게도 암흑과 함께 황폐해지고 마는 것이다.

기쁨과 슬픔이라는 동의어

떠오르는 햇살을 막고 찾아오는 어둠을 밀어낼 수도 없는 노릇이다. 감정은 이토록 낮과 밤으로 순환하는 것이어서 기쁨과 슬픔은 동일하게 서로를 메우고 있는 것이어서 무엇 하나라도 피하려 애쓰지 않을 것.

낮과 밤의 기온 차 안에서 계절이 일과를 묵묵히 다 해나가듯 자연의 천칙 속에서 불필요하게 에너지를 소모하지는 않을 것. 물속에서 수면 위로 올라오는 방법은 최대치로 힘을 빼는 것. 어떤 감정이 밀려들면 발버둥 치기보다는 왔구나, 하고 받아드린다면 고요히 사라지는 법.

공포와 두려움, 악과 불안, 외로움을 거부하는 것은 그 것의 공격을 허용하는 것과 같아서 하나의 불안을 외면할수록 그것의 지배를 당하기 쉬운 조건이 된다. 감정의 양극을 포용하는 방법만이 그것을 온순하게 길들이는 방법이 될 것이다.

그러나 나는 너무 많은 힘을 주고 웅크려 있었던 것 같다. 이제는 한껏 기울어졌다가 다시 일어서면 그만 일들에 억지로 일어나려 하거나 고꾸라지려 하지 않아도 좋겠다. 무언가 애써 행동한다는 것은 소모된다는 말이고 아프다는 의미여서 왔구나, 그리고 가는구나, 가만히 분리해서 바라보는 건 생각이나 감정에 빠지지 않고 소모를 줄이는데 꽤 도움이 된다.

낮과 밤이 교차하며 서서히 기울어질 때, 기쁨에는 기쁨을 어둠에는 어둠을 다하고 보내주고자 한다.

슬픔을 먼저 말하는 사람

나는 누군가를 만나면 환한 얼굴의 그 안쪽으로 아무도 모르게 숨겨져 있는 내면을 궁금해하는 사람이었다. 누군가가 확신에 찬 목소리로 하나의 약속을 말했을 때, 그 약속을 하기까지의 고민과 그의 불안까지도 한꺼번에 바라보게 된다. 당신의 뒷면과 그리고 가려진 그 살갗까지도 당신이라고 불러야 했다.

만나는 사람마다 내게 행복과 기쁨, 환희를 말하곤 했다. 뒤돌아서서 집에 돌아가는 모두는 이제 어둡고 추운 긴 긴 밤을 웅크리고 잠이 들어야 할 것이다.

우리는 빛을 발견하기 위해 어둠을 먼저 통과해보려 한다. 아침이 다가온다고 말하기 위해서 긴긴 불면의 시간 속을 함께 서서히 걸어보고 있다.

『 사랑이 사랑이기 이전에 』 중에서

명상법

진정 평온해지는 방법이 있을까, 오래 명상을 해온 나는 여전히 의문이 든다. 고요, 자유, 그리고 평정심을 유지하기 위해 소요의 세계를 등지는 것만이 최선일까.

평온이라는 것은 혼자만의 시간 속에서 유지하는 종류가 아니었다. 마음의 고요를 찾기 위해 우리는 조용한 장소를 찾거나 단독의 시간을 만들려 하지만, 현실을 벗어날수록 이상하게도 반대로 현실이 더 극명해지곤 했다. 결코 그런 방식만으로 마음이 고요해질 수 없는 것이다. 차라리 고요는 어디에도 고요가 없다는 것을 인지하는 마음이 더 우리를 평온하게 할지도 모른다.

간혹 시끄러운 장소에 있을 때면, 나는 그 자리를 피하기보다 차라리 그 소리가 되어버리곤 한다. 더울 때면 더위가 되어버리곤 했다. 그러면 환경은 더이상 내게 영향을 끼치지 않는 것이다.

가장 고요한 마음은, 여기 복잡다난한 현실과 사회 속에서 지금, 이 순간 마음이 평정을 유지하는 것일지도 모른다. 생각했다.

에고로부터의 독립

우리는 마음에 평생을 숙주 하는 거대한 에고를 자신을 동일하게 생각할 때 불행이 시작된다. 기습하는 어떤 감정을 자꾸만 자신이라고 혼동한다.

에고는 외부의 감각을 무차별하게 잡아끄는 미숙한 아이를 닮았다. 그는 스쳐 지나가는 모든 감정을 꼭 붙잡고 오랫동안 놓아주지 않는다. 그리고 스스로 제 감정에 매몰되어 버리고 마는 것이다.

감정은 나의 것이 아니다. 감정은 그저 지나갈 뿐이다. 무엇이든 붙잡으려는 의존적인 페르소나를 나와 분리할 수 있을 때, 감정을 쉽게 떨쳐낼 수 있을 것이다. 그때 비로소 마음이 고요해질 것이다.

잘 넘어질 것

　　　　　　　　　　한때는 힘든 일이 참 싫다고 했
다. 피하고 도망치다 보면 늘 제자리였다. 많은 어려움
을 보내고 나서야 그것들은 내 삶의 반경으로 들어와
나를 강하게 만든다. 살아오면서 매번 도전하고 부딪혀
보며 넘어지는 일을 자주 겪었다. 그러나 넘어져야 일
어서는 법을 배울 수 있는 것처럼 나는 넘어지는 그 행
위를 이제는 두려워하지 않으려 한다. 아무 데서나 잘
넘어질 것, 이제는 무릎의 상처보다 어떻게 일어서야
더 도약을 잘하는지가 궁금하기에.

견디지 못하고 포기했을 때 다음번에 찾아온 환경 역
시 극복하지 못하리라는 것을 알기에 힘든 순간들을
감정에 앞서 외면하기보다는 그저 넘어가 보려 한다.
그것만이 모든 어려움으로부터 해방되는 지름길에 가
깝다고 현재는 믿어본다.

고통스럽지 않은 이유

남들보다 더 많은 고통을 바라보는 삶은 참 고단하다. 그러나 삶의 양면을 함께 보지 않고서는 한 면모만으로 삶을 지속할 수 없는 노릇이다.

고통을 잘 다루는 사람이고 싶었다. 고통을 포용하는 순간 그것은 더는 고통이 아니게 되니까. 그것이 내가 누구보다도 더 고통스럽지 않은 이유가 되니까.

불현듯 찾아 드는 감정을 배반하는 작업을 한다. 나와 타자, 그리고 나와 감정을 낱낱이 분리해서 바라보는 것만으로 고통에 지배되지 않을 수 있다.

분열과 합치를 반복하며 방에서 방으로 이동하는 밤. 당신을 떠올리는 나와 당신을 쓰는 나, 그리고 글을 쓰는 나와 생각하는 나, 그리고 감정을 겪는 나를 떼어내어 바라보는 나까지.

돌봐야 하는 나는 나를 키우기에도 바빴다. 하나의 불순한 감정과 내가 합치하는 순간 거기서 빠져나오는 감정적 작업까지 동시에 해야 하는 나는, 이런 일을 하느라 늘 하루도 짧았다.

나와 감정과 타자를 동일시하는 것 만큼 소모되는 고통은 없지만. 그나마 한 아픔 속에서 빨리 해방될 수 있었던 이유는 고통을 느끼는 내가 그 고통과 내가 상호 무관하다는 입장을 취하기 때문이다. 감정을 분리하는 작업을 반복하는 일은 하루 중 가장 오래 걸리면서도 중요한 작업 중에 하나이다.

서로가 만나 아프지 않으려면, 각자의 시간 속에서 자신을 돌보는 시간이 어쩌면 더 많이 필요할지도 모른다.

너무 슬퍼하지 말기를,

견뎌야 하는 모든 시간은 견디어야 했고

견딜 수밖에 없었으며 견뎌지는 것이니까.

그리고 너무 상심하지 않기를

사라져야 하는 모든 것은 사라져야 했고

사라질 수밖에 없었으며 사라지는 것이니까.

『 사라지는, 살아지는 』 중에서

때로 우리는 너무 먼 곳을 보느라
눈앞의 가치를 다 놓치고 사는지도 모른다.

일평생 소중한 것들을 찾아 헤매느라
영원히 소중한 것들을 잃어버리는 방식으로,
행복과 사랑을 찾느라
행복과 사랑을 다 놓치는 방식으로.

그러나 무언가를 갈망하면
갈망을 제외한 모든 것을 잃고 말아서
우리가 찾으려는 것은 언제가 여기에 없었다.

어쩌면 떠나고 여기 없는 건,
시간도 타인도 아닌
나 자신이지 않을까.

누군가 규정한 시차 속에 함몰되지 않으며,
나의 순간을, 현재를 살고 싶다는 생각을 한다.

놓아버린 자리에서
잘 보이는 하나의 배움

삶이란 완전하지 못하기에 비워
내야 할 것들이 많다. 다 비워낸 자리에서, 가장 잘 보
이는 한 가지를 만질 수 있어야 한다. 그게 인간만 모
르는, 인간이 꼭 해야 할 유일한 일이 아닐까 싶다.

붙잡으려는 모든 것들은 관성처럼 멀어지는 법칙을 가
졌다. 진정한 지성은, 지식이 아니라 무언가 놓아버린
자리에서 잘 보이는 하나의 배움을 줍는 일이다.

무언가를 찾기 위해서는 반드시 내려놓아야 하는 법을
배운다. 한 가지를 움켜쥘 때, 여러 가지를 놓치는 것이
인간이 어찌할 수 없는 오랜 세상의 법칙이고, 그것에
순응하는 순간 자유로운 마음과 지혜를 얻는 까닭에 나
는 오늘도 비워내는 일을 해야 했다.

성장통

내가 나와 조화를 찾는데도 이렇게 오랜 시간이 걸리는 일이다. 전혀 다른 삶의 누군가와 상생하는 일은 더 많은 시간이 걸릴지도 모른다.

나는 앞으로도 절충안을 찾으며 성장통을 겪을 것이다. 세상과 등을 돌리고 사는 극단을 택하지는 않을 것이다. 나 자신을 빛나게 하고 이상적으로 만들어가는 방법은 그래도 늘 사람들 그리고 삶, 세상 가까이에 있었다.

나를 알아간다는 것

타인을 모르는 채로 나 자신을, 또는 나 자신을 모르는 채로 타인을 알 수는 없었다. 그래서 사람들 속에서 나를 배워가기도 하고, 타인을 통해 삶을 반성하기도 한다. 나는 당신이기도 하며, 당신은 나이기도 하다.

그렇게 나를 알아간다는 것은, 고립된 무인도에서 사유하는 것이 아니라 이 현실의 삶 그 중심으로 들어가 몸소 부딪혀 보아야 하는 것이다.

삶과 인간, 관계와 생존이라는 것은 생각의 영역이 아니라 경험과 실존과 실천의 영역이기에 어쩌면 나는 무한한 생각을 현실에 대립해 가며 하나씩 실마리를 풀려고 하는지도 모른다. 현재는 그렇게 살아보고 있다.

속절없이 지나간다

가끔 한 번씩 허탈해 웃음이 난다. 그토록 힘겨웠던 사건도 몇 달만 지나면 뭐 때문에 고통스러웠는지도, 몇 월 며칠 몇 시에 고통을 받았는지도 무엇 때문에 울었는지도 희미한 것이다. 사실 아무 것도 남는 것이 없다. 그렇게 죽을 것 같던 나날도 참으로 속절없이 지나간다.

결국 없어지고 말 힘듦 때문에 오늘을 허투루 소모할 이유가 없다고, 잘 보내줄 수 있을 것 같다고 생각하면 마음이 한결 편안해진다.

잘 살았어, 오늘도.

말이 되지 못한 감정들,

커져가는 고백도,

아물고 있는 상처도,

차갑게 지나가는 외로움도,

하루 치의 죄책감도,

반복되는 희망과 절망도,

모두 수고했어, 오늘도.

매 하루가 생일이고 축복이다

세상 사람들 앞에서 외로울지언정 나 자신과는 격의 없이 지내고 친근하길 바랐다. 나 자신과는 적이 되고 싶지 않았다. 감정들, 아픔, 상처 그것을 안아주는 포용력을 갖기를, 냉철하게 관찰하고 때로는 관대하기를 그래서 나는 내게 자주 안부를 묻는다.

축하해, 잘 살아줘서 고마워, 앞으로도 잘 부탁해.
때론 넘어지겠지만 너무 무너지지는 않을게.
내가 의지해야 할 것은 타자가 아니라 나 자신이라고
나를 믿고 전진할수록 당당해지는 것을 느낀다고.

매 하루가 생일이었고 축복 아닌 날이 없었다.

마음의 계절

봄, 여름, 가을, 겨울, 그리고 우기와 건기, 계절을 느끼며 살아가는 것에는 제법 익숙한 내가 이상하게도 감정의 변화만큼은 적응이 쉽지 않다. 사계절 그리고 삼한 사온의 마음이 반복될 때마다 나는 늘 고열을 앓았다. 더울 때가 있으면 추울 때가 있는 것이고 비가 내리면 맑게 개는 것이 너무나 자연스러운 현상임에도 불구하고 어떤 아픔이 찾아들 때면 그 느낌이 아직도 불편해 몸서리를 친다.

감정이라는 것이 원래 계절을 지니고 있다고 받아드린다면 이내 자유로워질 텐데. 나는 어쩐지 마음만큼은 늘 같은 맑은 하늘만을 바라며 살아가는 사람 같다. 그러나 맑은 하늘이 지속될 때면 나는 이내 여기 없는 다른 계절을 그리워하는 변덕을 부리기도 한다.

옷깃을 세우고 감싸 쥐다가도 따뜻해지면 외투를 벗는 자연스러운 행위처럼, 오가는 마음의 변화 앞에서는 조금은 유연한 사람이 되고 싶었다. 이제는 평온한 마음을 지속하려는 노력도 버려야겠다고 생각한다.

내게는 온화한 봄이 있지, 후덥지근한 여름도 있고, 잘 익은 마음의 질감을 느끼는 나날들도, 심장의 둘레가 시린 그런 날들도, 좋아. 내 마음은 사계절을 가진 나라이구나, 생각하려고 한다.

그리고 이 곁에 서 있는 당신, 당신의 계절이 매섭다고 생각하며 외면하기보다는 지금 당신은 겨울을 지나가나 보네, 곧 꽃이 피려나 보네, 생각해주는 사람이 되고 싶다.

아름다운 삶을 살고 있다고 믿는다

어쩌면 나는 이 삶을 너무 사랑하기 때문에 더 자주 아프고 더 많이 고민하게 되는지도 모른다고 생각했다. 이상하게도 붙잡으려 할수록 어려운 것이 많았다. 때론 그저 흘러가게 내버려 두는 것만이 구원 같기도 하다. 그러나 남들보다 더 많은 고통과 아픔을 다채롭게 겪어낸다는 건 다행이라고 말할 수 있겠다.

그것만으로도 가치 있고 위대한 이력은 없을 것이라고, 늘 아프고 연약했던 내가 나를 다독이기도 한다. 나 자신만의 위로 속에서 울음을 그치는 일이 많아서 나는 나를 바라보려 한다. 그러니까 우리는 마음이 빛나고 있는데 알아채지 못하고 이상하게도 자신을 자꾸만 꾸짖거나 스스로 움츠러든다. 어쩌면 우리는 자기 자신에게만큼은 제일 가혹하지 않을까 싶다.

냉정한 자신만 거둬내면 아름다움뿐이다.
충분히 아름다운 삶을 살고 있다고 믿을 것이다.

『 이, 별의 사각지대 』 중에서

생각보다는, 마음으로 살아갈 것.

머리보다는, 심장으로 살아갈 것.

생각이 생각이기 이전에

V

생각하다 보면

생각이 나를 넘어뜨리는 지점이 있다.

나는 생각을 생각해야 한다.

한계를 지우는 것

때때로 한계를 설정하고 그 앞에서 주춤하는 것은 오로지 내 자신임을 자주 느끼게 된다. 나는 원래 그런 사람이니까, 나는 원래 못하니까, 실패할 것 같으니까, 두려우니까, 아프기 싫어서, 두려워서, 감정에 대면하기보다는 합리화를 하고 무언가를 싫어한다고 쉽게 변명해버리는 일을 주기적으로 반복했다.

이 삶을 어떤 식으로 유지해야 할지 어떻게 살아야 할지 아무리 고민해도 알지 못하지만 적어도 벽을 넘어보지 않는 한 그 삶은 작은 울타리 안에서 일평생 반복할 것이라는 예감과 내가 넘어야 하는 것은 현실의 장벽이 아니라 자신을 가두는 건 자신밖에 없다는 사실. 그리하여 가만히 앉은 자리에서 이미 설정한 모든 한계를 지우는 것만으로도 마음은 멀리 나아갈 수 있다고 믿어본다.

사물은 인격이 없다

우리는 자신이 가진 마음의 모양과 마음의 색안경에 따라 따라 같은 사물과 풍경을 전혀 다르게 보고 있다. 모두가 다 제각기 다르게 사물을 읽고 판단한다.

사물은 인격이 없다. 오로지 생각 속에서만 사물은 어떠한 형태로도 변모한다. 세상의 어떤 사소한 것들일지라도 그것을 바라보는 자의 마음이 모든 것을 판단하고 결정하는 것이다.

눈 앞에 펼쳐진 세상은 어떤 모양인가, 그것이 나에게 어떤 기분을 전달하는가, 지금 내가 생각하는 것, 보고 느끼는 이 현재는 오로지 자신의 마음의 색일 것이다.

인간의 원죄

인간이 언어를 지니게 된 이후, 인간이 생각하게 된 이후부터 동전의 앞면과 뒷면처럼 모든 양면을 지니고 살아야 하는 순간부터, 우리는 이제 모든 양극화된 세계의 양쪽 발은 담근 채 평생을 위태롭게 저울질해야 하는 운명에 속해 있다. 하나의 속성을 신봉하는 순간부터 걷잡을 수 없이 추락하고 마는, 그것은 인간의 원죄이고 고통의 시작이었다.

이중 세계 2

행복을 알려면 슬픔부터 알아야 했고, 슬픔을 통해 행복을 발견해야 했다. 우리를 알려면 나부터 알아야 했다. 그러나 또다시 나를 알려면 내 안의 내가 외면한 그림자를 알아야 했다.

무엇이든 그 무엇에 반대가 함께 공존했다. 마음의 양면을 꺼내지 않고 한 면모만으로 관계를 본질적으로 접근하기는 어려워서 기쁨이 생겼을 때의 그 이면을, 슬픔의 감정 뒤에 놓인 환희를, 절망 뒤에 놓인 희망을, 사랑 뒤에 놓인 이별을, 생의 이면에 놓인 죽음을, 동시에 바라봐야 했다.

어두움이 있어 별빛을 알 수 있고, 밤이 있어 아침이 오는 것을 아는 것처럼, 햇볕을 받는 잎사귀 뒷면에 드리운 그림자까지가 풀잎인 것처럼, 화려한 꽃의 아래 보이지 않는 단단한 뿌리가 있는 것처럼, 모든 것은 나에게 동의어와 가까워서 세상은 언제나 보이는 시각을 믿었지만 나는 숨어있는 진실만을 믿고자 했다.

이상을 말하려면 현실을 말해야 했고, 사랑을 말하려면 이별을 말해야 했다. 당신이 내게 하나의 약속을 말한다면 우리는 우리의 불안을 열어 보여야 했다. 당신이 나에게 희망을 말한다면 나는 좌절부터 말해야 했다.

우리는 모두 이중 세계를 산다. 현실과 이상의 세계 사이에서 각자의 삶을 저울질하는 우리는 서로의 곁에서 우리의 이 세계를 다 맞추어 보아야 했다. 서로가 맞춰야 할 교집합은 당신과 나, 가 아닌 당신과 내가 사는 현실 세계와 이상 세계, 그리고 그 사이를 저울질하는 모든 감정이었다.

지식이라는 속임수

지식은 쌓을수록 자꾸만 관념이 확고해진다. 생각을 많이 하면 나도 모르는 사이 생각의 지배되고 생각에 빠지게 된다. 생각이 견고해지면 입장이 강해지고 나와 타자 간의 입장과 의식의 간극이 극대화된다. 자아가 강하게 결집한다. 모든 이분법적 잣대로 인해 자신을 사회로부터 고립시키는 결과를 스스로 만든다. 그러나 그것은 실제로 나 자신을 가두는 가장 바보 같은 속임수이기에 믿지 않으려 한다.

생각을 생각할 것

인간은 생각을 안 하고 살아갈 수가 없는 존재이므로 나는 생각에 지배당하지 않기 위해 생각을 생각한다. 모든 생각을 의심하며 오늘도 분류작업을 한다. 이 생각이 나에게 어떤 영향을 끼치는지, 때로는 생각의 방향을 추궁하며 균형을 맞추어 나가려 한다.

그러나 사고하는 인간은 생각을 멈출 길이 없다. 어쩔 수 없는 생각이라면 좀 더 건강한 생각으로 전환하고자 한다. 부정적인 생각은 긍정적인 사고로 전환하고 잡생각은 지향적인 방향으로 줄기를 바꿔주고자 한다.

생각의 방향

생각에는 여러 갈래가 있는듯하다. 개중 나은 방향은 타자를 향하지 않는 생각, 자신만을 향한 생각에 가깝다. 그러나 그 무엇보다도 가장 건강한 생각은 발견에 의한 생각인듯하다.

가끔 창밖을 바라보거나 흔들리는 나무를 바라보는 것, 먼 산을 그리고 고요한 자연의 율동을, 어항 속 물고기의 헤엄 따위를 보는 것만으로도 마음이 무척 가벼워진다. 마치 세상에 막 태어난 어린아이처럼 신기한 눈으로 사물을 재발견하게 된다.

확고히 믿거나, 그 무엇이라고 확정하거나, 견고히 하지 말고 그저 발견만 할 것. 그리고 지나가는 생각의 티끌까지도 함께 보낼 것.

나는 생각하는 일을 하므로

늘 나를 경계한다.

존재를 증명하는 방식은

생각이 아닌 오로지 행동과 실천뿐이다.

삶은 생각의 범위가 아닌

실천의 범주이기 때문이다.

깨달았다고 느꼈던 그 순간은 늘 최악의 위기였고,
무언가 안다고 믿었던 신념 때문에 무너져 내린 적
이 많았다.

그리하여 무언가 확신하기보다는 모르는 것으로 일
관한다.

우리는 신념과 고집을,

진심과 합리화를 구분하기 어렵다.

결핍과 기만, 본능과 태도를 자주 헷갈려 한다.

한 끗 차이로 운명을 달리하는 생각이 어느 방향을

지시하는지, 이를 구분하는 내면의 눈을 밝혀야 한

다. 마음의 무한대를 꼼꼼히 선별해야 한다.

생각이 발생할 때

왜, 라고 스스로 계속 물어보아야 한다.

무엇을 생각한다기보다는
생각을 일으킨다는 것에만 집중할 것.

무엇을 판단하기보다는,
내가 판단을 하고 있다는 사실을 반성할 것.

무엇을 기억하기보다는
내가 기억하려 한다는 것에만 초점을 맞출 것.

어떤 감정이 들었다기보다
그저, 감정의 느낌만을 주시할 것.

해야 할 일과, 하고 싶은 일을 떠올리기보다는
그냥 그것을 할 것.

나, 라고 자신을 믿는, 확고한 관점과
나, 라는 확신의 자만을 버리는 방향을 실천할 것.

어떤 세상, 이라고 단정하기보다
세상이라고 단정 짓는 마음을 채찍할 것.

원하는 것을 바라기보다
원하는 것을 바라는 자신이 누구인지를 바랄 것.

의미와 의지 없이 그냥 살아있을 것.
배운 것을 잊는 것을 배울 것.

그것이 이생에 주어진 업무이며
골몰하는 하루의 일과이고
목적 없는 삶의 모든 목적일 것.

어렵지만, 어렵지 않을 때까지 정진할 것.

모든 것을 모르는 것으로 일관한다

어쩌면 앎이라는 것은 누군가가 살다간 표절일지도 모른다. 내가 안다고 믿는 생각, 사고, 관념 그 모두는 사실 우리가 한 번쯤 책으로 만나왔거나 어른들에게서 들어온 이야기들이고 그건 누군가의 것이지 결코 내가 발견한 것은 아닌 까닭에 나는 그 무엇도 내 것이라고 착각하거나 고집할 수 없었다. 쌓아온 모든 지식은 오로지 존재적인 뿌리를 찾기 위해서만 유효하다.

앎이 앞서면 자꾸만 삶을 놓치곤 했다. 그리하여 몸소 부딪혀 살아가야 하고, 어떤 관념이 앞서지 않도록 책보다는 경험을 해야 했다. 내 삶에 적용되는 방법을 터득하려면, 나는 책을 덮고 직접 수많은 사건을 무수히 더 넘어져야 한다.

생의 주기마다 어떤 대단한 깨달음을 얻은 것 같은 생각이 나를 지배하기도 했다. 마치 그것이 절대적인 것처럼, 그러나 또 그 시기를 지나가면 그 역시도 정답이 아니었음을, 안다고 확신했던 모든 것이 사실은 모르는 것들뿐이었음을.

그런 시기들을 반복적으로 겪다 보면 믿었던 어떤 신념도, 확고한 의식도, 삶의 명확한 해답도 없으며 모든 순간이 단지 흘러가는 삶의 과정일 뿐이라고 생각하기에 이른다. 어쩌면 지금 믿고 싶은 이 생각들마저도 더 시간이 지난 후에야 판단할 수 있을지도 모르겠다.

믿음을 믿지 않는 믿음

무언가를 확신했다는 것은 그자체로 모순이 된다. 모든 관점에는 이면이 있기 때문이다. 불행하지 않으면 행복을 추구하지도 않았을 것이고, 불안하지 않으면 우리는 아무것도 믿지 않았을 것이다.

무엇을 확고히 믿는다는 것은 결핍을 증명하는 셈이므로, 믿음은 섣불리 믿어서는 안 될 의식에 가까웠다.

우리는 종종 자신의 판단을 믿곤 한다. 그러나 사물은 관찰하는 나는 나를 관찰할 수 없는 것처럼, 모든 관찰에는 맹점이 있다. 어떤 관점을 맹신하는 순간 우리는 자신을 놓치고 마는 것이다.

판단은 판단하지 않고, 의심은 의심하지 않는다. 생각은 생각하지 않는다. 판단하고 의심하고 생각하는 나 역시 나를 알지 못한다.

믿고 확신하는 세계는 어쩌면 아무것도 믿고 확신할 것이 없는 곳에서 발견할 수 있을지도 모른다. 그러니까 발견을 발견해야 하고, 의심을 의심해야 하며, 생각을 생각해야 하는, 노력이 이제부터 필요할지도 모른다.

그러니까 이제부터 모른다, 라고 가정하는 것만이 진실에 가까운 태도일 것이다.

그 무엇도 그 무엇이 아니었다

편지는 고백하지 않으며 문장은 삶을 살지 않는다. 눈물은 울지 않으며 생각은 생각하지 않는다. 지도는 목적지를 닮지 않았고, 성상은 구원하지 않는다. 액자 속의 당신은 당신이 아니고 거울 속의 나는 내가 아니다. 우리는 우리가 아니다.

오늘도 인간은 위로받을 하나의 허구와 상징의 존재가 계속해서 필요했다. 소속, 낭만, 이상과 약속, 우리는 무엇을 믿어야 하는가.

아귀가 맞아떨어지는 이해나 목적, 눈에 보여야 안심이 되는 물상, 혹은 기억과 사랑 같은 하나의 맹목적 장치를 하지 않는다면 견딜 수 없는 인간은 불안하면서도 너무나 나약한 존재이다. 자아는 이 순간에도 상징과 의미를 만들어 계속해서 타자에게 투사하고 있다.

우리는 이렇듯 관여되어 있었다. 오늘도 우리는 타인을 믿었고, 우리를 우리라 불렀지만, 우리에겐 진정 나도, 우리도 없었다.

앎이 아닌 삶이었다

우리가 알면서 실천하지 못하는 여러 마음에 대해, 안다고 믿었던 그 모든 것을 비우고 이제 세상으로 들어갈 차례이다. 한 권의 책을 읽는 것보다 어려운 것은, 사람들 속에서, 험난한 세상 속에서 직접 부딪혀 가며 배우는 일.

우리는 이제 배우고, 듣고, 익힌 모든 것을 버려야 한다.

쏟아져나오는 책과 지식을 접하는 시대임에도 불구하고 삶이 더 나아지지 않는 이유는 앎을 실천하는 개개인의 성찰과 노력이 얼마나 어려운 것인지 말해준다. 책은 당신을 책임지지 않는다. 삶의 질적인 수준은 오로지 개개인의 몫이고 노력이므로.

책은 단지 삶을 도식화한 문자에 불과하며 이것을 믿는 순간 우리는 또 하나의 환영에 넘어지고 말 것이다. 적용되지 않는 현실 속에서 책은 이상과 현실의 더 큰 양극화만을 기여할 것이다. 너와 내가 다르다는 시각이 고착화되면 또 다른 형태의 고통을 견뎌야 할 것이다. 우리는 스스로 쌓은 지식으로부터 마음에 또 하나의 감옥을 설치하고, 다시 타자와의 괴리감을 견딜 수 없다고 할 것이다.

종교, 예술, 모든 학문, 그것들이 우리 생활 곳곳에 스며들었음에도 인간의 삶은 달라지지 않고, 고통이 반복되는 이유는 그것은 그것이 아니기 때문이다.
삶을 구하는 것은 앎이 아닌 삶이었다.

내 시간을 살아낸다는 것

내가 정하지 않은 미래, 내가 정하지 않은 이름, 명칭들과 시간 속에서 온전히 나 자신으로 사는 게 가능하기나 할까.

하루에 주어진 24시간 역시 내가 설정하지 않았고 행복 고통이라는 단어조차 누군가가 만들어낸 이름들, 온통 내 것 아닌 이름뿐인데 어쩌면 나는 세계가 규정한 시간만 사는 건 아닐까. 조금은 억울한 기분이 든다.

사회의 시간을 살고 남은 시간은 시간은 온전히 내가 만든 단어와 규율 속에서 살고 싶다는 생각을 한다. 오늘도 다짐한다. 내 시간을 살아낸다는 것은 강한 다짐과 각오가 수반되는 일인 것이다.

삶에게 명령한다

때로는 동거하는 이 삶이
나를 궤도 밖으로 함부로 잡아끌 때가 있다.
자존심을 지킨다는 건 끌려다니지 않겠다는 각오.
이 거대한 사회의 쳇바퀴 속에서
뭐가 뭔지도 모르고 떠밀려
구르지는 않겠다는 의지.

중심축은 늘 나를 떠난 적이 없다.
꼭 붙들어 두는 일만 온종일 반복하므로
나는 충분히 사는 것만으로 바쁜 사람.
그러나 배포를 잃지 않는 것은 내 나라의 율법.
오늘도 나는 내 삶에 명령한다.

삶이여, 네 목줄은 내 손에 쥐여 있다.
그러니까 네가 따라와라.

사라지는, 살아있는

안개처럼 희붐한 삶 속에서 한 번씩 나 투는 일 초의 선명함 때문에 이다지도 컴컴한 암흑을 더듬고 있다. 나는 숱한 어둠과 실명의 계절 속에서 끝없이 모습을 바꾸며 등장하는 이 의지 때문에, 단 한 순간의 확신 때문에 질기게 살아있다.

사방의 사면초가인 상태에서, 모든 게 폐허뿐인 세상 속에서, 긍지는 죽음으로 치솟다가도 이내 살기를 원한다. 그리움이건 욕정과 갈망, 슬픔과 좌절, 그 모두 살고자 하는 의지의 영역이었다.

생의 의지. 그것은 사라지는 것이 아니라 다른 감정의 모습으로 바꾸어가며 생을 지속게 하는 것이다. 넘어진 자리, 아무것도 잡히지 않는 캄캄한 대지 위에서 양손을 짚는 것은 분명 긍지이다. 나는 무엇이든 움켜쥐고 일어서 보려 하는 것이다.

그러나 가끔씩 지칠 때면, 또한 힘을 빼고 살아도 좋겠다 싶었다. 사실 모든 살아있는 것들은 저절로 살아지는 건지도 모른다는 생각도 든다.

내가 내 의지 없이 태어난 것처럼, 의지 없이도 저절로 죽음에 도달하는 삶처럼, 내 마음대로 할 수 있는 것이라곤 사실 아무것도 없어서 한 번씩 허탈해지기도 하지만, 그럼에도 그저 살아지는 삶을 애써 살아간다는 것은 참 아이러니하지 않을 수 없다. 우리는 저절로 살아지는 이 삶을 마음대로 끌고 가려 애쓰고 노력하지만 실은 마음대로 되는 것이 아니기에 모두가 아파하는 건지도 모른다. 애쓰는 마음을 놓아도 나는 그대로 살아지고 있는 것이다.

나는 앞으로도 어떻게 살아가야 할지, 모른다. 다만 넘어지고, 일어서고 다시 걸을 뿐이다. 그래왔듯 살아갈 뿐이다. 이따금씩 힘겨울 때는 잠시 놓아두고 걸어가 본다. 현재는 모르는 채로 또 살아가 보고 있다.

그럼에도 불구하고 단 하나의 삶

가만히 보면 남들이 손가락질하는, 숨기고 싶은, 버리고 싶었던 그 단점이 나의 가장 빛나는 재능이었다는 것을, 진작 알았더라면 이토록 타인을 닮으려 많은 시간을 애쓰지 않았을 텐데.

시간이 흘러 방황의 시기를 돌이켜 보면, 이 시간까지 오는 길이 참 외롭고 힘들었지만, 나의 오랜 친구는 나 자신뿐임을, 장하고 대견하다고 말해 줄 수 있는 현재가 제법 좋다.
어떤 회오리 속에서도 질타와 손가락질과 굴욕 속에서도 나는 신념, 하나만을 가슴에 꼭 끌어 안고 멀고도 험난한 길을 이만큼이나 걸어왔으므로.

우리는 달라도 되고 이상해도 된다. 남들과 같은 길을 걸어오지 않아도 된다. 넘어져도 되고 또 거기서 방향을 잡으면 된다. 잃지 말아야 소중한 그 하나를, 포기하지 않고 앞으로의 날들도 이렇게 살아갈 수 있다면, 단 하나의 삶. 내 삶의 시간을 산다는 믿음, 그것이 가장 빛나는 삶일 것이니.

세계관

생각은 이상하게도 관념의 세계를 확장하지만, 마음은 실존의 세계를 확장한다. 관념은 늘 마음의 수로를 좁히는 역할을 했다. 생각이 앞서면 이상하게도 마음이 삶 속에서 힘을 쓰지 못하고 갇히는 느낌을 받았다.

사유는 실로 조심스럽기에 생각을 도구 삼아 살아가는 사람들에게는 굉장히 위험한 무기가 되기도 한다. 언어를 본질적으로 탐미하다 보면 언어가 필요 없는 지점에 놓인다. 개인의 언어적 욕구와 세계에 대한 입장을 밝히는 일은 삶에 들어가서 바라볼 때면 분명 모순이 있다. 세상 모든 그것은 그것이 아니기 때문이다. 삶은 책 속에 있는 것이 아닌 삶 속에 있기 때문이다.

그리하여 실존을 탐미하는 일을 하는 사람들은 사유와 철학의 그 끝에 아무것도 발견할 수 없음만을 목격하게 될 것이다.

나에게 작가는 쌓아가는 것이 아닌 부수어 가는 것. 짓는 것이 아닌 해체하는 것. 예술을 통해 자신의 세계관을 표하는 사람이 있고, 그 무엇에 스며들어 보는 자로 하여금 세계가 되어버리는 사람이 있다. 예술을 하는 사람이 있고 예술을 사는 사람이 있다. 그보다도 아무것도 표하지 않아도 세상 속에서 열심히 제 몫의 삶을 살아가는 사람이 있다. 나는 후자를 존경한다.

아무데서나 넘어져도 곧장 털고 일어나는 아이들, 가족들의 저녁 밥상을 위해 장을 보는 세상의 엄마들, 그리고 그 누구 곁에서도 쉽게 울고 웃는 친구들, 남김없이 울며 웃다 사라져 가는 익명의 모든 존재들, 사랑하는 연인들, 그들이 언제나 나의 동경의 대상이었다. 존경하는 사람들은 철학자도, 작가도, 학자도 아닌 삶 속에서 삶을 충실히 살아가는 사람들이었다.
그들은 늘 나를 늘 깨우친다. 진정한 삶을 살라고.

나는 부디 언어의 위에 세계를 올려놓았으면 한다. 생각이 언어를 앞서지 않기를. 언어가 삶을 앞서지 않기를 오늘도 다짐한다.

느끼는 일, 전율하는 일,
그리고 감동하는 일,
마음을 다하는 일을 멈추지 않는 일.

어쩌면 외로울 수도 있는 이 세상이
살아볼 만하다고, 가치 있는 것이라고,
단단히 믿으며 마음 하나만으로
누군가의 마음을 온기와 아름다움으로
물들일 수 있다면

어떤 힘, 그러니까
나는 선한 마음의 영향력이
세상에서 가장 강력하다고 믿는다.

우리 모두에게 가려진 내면에는 분명
거대하고도 아름다운 마음이 존재하기에.

마음에 관하여

VI

이상한 얼굴

감정들이 표정을 찾지 못해서 나는 당신 곁에서 이상한 얼굴이 되어간다. 웃는 방법도 미소 짓는 방법도, 바라보고 대화를 하는 얼굴도 점차 잃어간다. 간혹 어떤 극진한 마음이 찾아들 때 당신을 바라보면서도 이제 어떤 표정을 지어야 하는지 난감해하는 사람이 되어간다.

표정 없는 얼굴일 수록 내면은 복잡한 신경 다발과 함께 길을 잃거나 자주 심란해지곤 한다. 그렇게 정신에 갇힌 나는 점차 외로운 사람이 되어간다. 점차 표정과 감정이, 마음과 대화가 친하지 않아 점차 서툰 어른이 되어간다. 살면 살수록 모든 것에 능숙해질 줄 알았는데 점차 어리숙한 것들이 늘어 간다.

우리,

　　　　　　　　나이를 먹으면 자꾸만 몸이 과거
로 기우는 것을 어쩔 도리가 없다. 흉터를 만지며 살아
간다는 것도, 그 힘으로 살아간다는 것도, 그리고 시간
이 갈 수록 짓누르는 삶의 책임감, 현실의 무게가 점차
가중된다는 것도, 자주 버틴다, 라고 말하는 것도,
다 그렇게 사나 봐, 라고 말할 수밖에 없다는 것도,

어떤 풍경을 채우며 살아가야 할지는 여전히 막막한 각
각의 몫이지만, 부디 우리, 깊고 시린 먹빛보다야 조금
은 더 환했으면 한다. 빛이 닿지 않는 장소라도 좋으니
당신은 거기서 혼자 자주 울지는 않았으면 한다.

마음의 화각

    나는 바람을 일으키는 생의 그 중심에 깊이 파고들었다가 빠져나와 멀리서 그 장면을 바라보는 일을 매일 한다. 가장 낮은 대지에서 도약해 가장 높은 곳으로 날아가는 유연한 새처럼, 그렇게 마음에도 드높은 화각을 가졌으면 좋겠다고 생각한다.

마음의 시계(視界)는 실로 매우 거대하다. 때로는 세상의 중심 속에서 투쟁하기도 하고 총탄을 맞아 쓰러지기도 하지만, 동시에 높이 이륙하여 그 불길을 점차 멀리서 바라보는 조종사가 되어 세상을 멀리 관조해 보기도 한다.

고통을, 삶을, 마음을 분리해서 바라보는 시선은 하나의 감정에서 매몰될 혹은 그 세계를 맹신할 확률을 줄이는 데에 효과적이기도 하다.

박힌 돌처럼 한 곳에 주저앉아 내 안에 갇혀 협소한 하나의 세계에서만 살고 싶지 않아서 나는 오늘도 나를 분리하는 작업을 한다.

이 글을 쓰는 여기 야외 테이블 위에 죽어있는 벌레 한 마리가 있다. 조리개를 조여 하나의 벌레만을 선명히 바라보는 일은 너무나 끔찍할 수도 있다. 급기야 감정이 동요하기 시작한다. 하나의 사물에 몰입하다 보면 마치 내가 죽은 것처럼 온몸이 아프기도 하다. 그러나 서서히 마음의 화각을 열었을 때, 저 멀리까지 바라보이는 나무, 하늘, 새들, 구름의 장면 또한 이토록 한순간 생의 조화를 이루며 내 품에 다가온다.

그런 방식으로 마음에도 눈이 있어서, 때로는 초점을 열어 다양한 층위에 있는 것들을 바라보는 것은 나에게 중요한 일이 되었다.

마음은 가만히 앉아 있는 것만으로도 축지법을 써 그 어디든 나아간다. 나는 그 사실이 너무나 신비롭다.

초점을 열었다가 조이는 행위가 능숙해지면 바라보는 화각이 다채롭다. 어둠과 빛을 자유롭게 넘나들며 때로는 끔찍한 사건을 계속 주시하기보다도, 그 사건에서 조금 더 큰 무언가를 바라보려 한 발짝 뒤로 걸어가 보기도 한다. 사건에서 떨어져 나오는 것은 꽤 어려운 일이지만, 사건을 전혀 다르게 해석할 가능성을 열어 둘 수 있는 것도 마음의 능력이라 믿는다.

대게는 한순간 하나의 장면을 다르게 해석할 수 있는 눈을 키우는 것은 생의 소모를 줄이는 데 중요하다. 마음의 초점을 자유롭게 다루지 못한다면 우리는 하나의 장면, 사건을 벗어나기 위해서는 너무나 많은 시간이 필요할지도 모르고, 때로는 그곳에서 벗어나지 못해 평생을 작은 세상, 하나의 그늘 속에서 살아가야 할지도 모른다.

하나의 시련이 더 이상 중요하지 않게 되기까지 우리는 더 많이 아파하며 살아야 할지도 모른다. 그러나 우리가 마음을 다룬다면, 한순간 긴 시간을 거슬러 거대하게 점령했던 감정이 아주 작은 점에 불과 하다는 것을 더 늦지 않고도 관조할 수 있다면, 고통과 연민 속에서도 벗어날 수 있을 것이라 믿는다.

나는 생의 가장 깊은 곳에서부터 먼 곳까지 다 다르게 재현하는 이 마음을 다 살아보고 싶다. 그것 역시 참으로 끔찍하고도 고통스러운 일이겠지만, 두렵지만은 않은 이유는 나는 이 삶은 우리가 아는 것보다도 더 큰 우주와 같고, 신비롭고, 아름답고, 실로 눈부시기 때문이다. 감히 이 티끌 같은 눈으로 우주를 다 담아낼 수는 없겠지만, 궁금한 것이 많아서 하나하나 관망하며 다 살아봤어. 하고 마음의 눈까지 다 감는 그 순간까지는 후회하지 않고 다 느끼고 싶다.

그것만을 위하고자 한다

　　　　　　　　가만히 하늘을 바라본다. 무엇이 흔들리는 것인지 바라본다. 바람, 구름, 차, 인환, 계속 풍경 속에서 역동하고 사라지는 것들을 본다.

이제 나는 또 한 번 그 밖에서 인간을 바라본다.

웃으며 다가와서 악수를 하는 사람들, 포옹했다가도 등을 보이는 모든 마음, 다가와 밀치고 사라지는 사람들, 애인과 친구들, 무수한 희망의 약속, 그리고 실망과 좌절, 서로의 복잡한 이해관계 속에서 지새웠던 숱함 밤낮의 시간, 그러나 다시 가만히 잘 바라보면 그 뒤에는 나무처럼 한결같이 묵묵히 서 있는 풍경도 있다.

언제나 계절의 변화처럼 내게도 많은 사람이 다가오고 사라져간다. 이상한 눈을 지닌 나의 내력 때문에 나는 다행히도 크게 동요되지만은 않을 것이다. 휘몰아 치는 반짝이는 것들이 이제 내 감정에 큰 작용을 하지 않는다. 이제는 변함없이 그 자리에 있는 것만을 위해 살아도 좋겠다는 생각을 한다. 그러니까

앞으로 살아갈 곳은 소란의 세계가 아니라 모두가 화려하게 다가와 떠나고 남아 자리를 지키는 그것, 그 영원에 가까운 마음을 살아야겠다고 다짐한다.

오늘도 어김없이 벤치에 앉아 지나가는 모든 화려한 율동들을 바라본다. 그리고 지나가고 남은 것들을 다시 바라본다. 이제 오래도록 내 곁에 남겨진 그것만을 위하고자 한다.

잘 보인다

나는 그런 것이 보인다. 어둠 속에 가려진 반구 너머의 세상까지도 동그랗게 잘 보인다. 누군가의 피로, 곤한 잠, 꿈, 그리고 그 거대한 어둠을 독식하며 슬퍼하는 사람, 길고 긴 불면의 시간을 견디는 얼굴을 모르는 사람들, 환한 대낮, 그러나 빛이 들지 않는 누군가의 작은 방, 그런 것까지 보인다. 마치 당신의 미소 뒤에 드리워진 그 살갗 안쪽의 어둠들, 치유되지 않는 내상이나 기억의 상흔, 그것을 들키고 싶어 하지 않는 내면까지도 보인다. 벽에 기댄 채 앉아 있는 밤이면 단지 이 작은 벽 하나만으로 서로의 삶이 관여되지 않는다는 위안과 함께 동시에 외로워지는 누군가의 고독함과 울음까지도 보인다.

하나의 삶으로 수만 개의 삶을 살아간다는 건 참으로 인간의 고통 중 하나가 아닐 수 없다. 내 생의 짐 만으로도 한 걸음 걸어 나가기 무겁지만, 이 한 걸음 발밑의 풀벌레의 삶과 죽음까지도 관여한다는 게 참으로 슬픈 일이지만, 이 마음의 고통만은 기꺼이 반갑다.

나는 아마 운이 좋으면 수 천 년을 살 것이다. 만났었고 만나왔던, 그리하여 만나지 못할 인연들, 앞으로 만나게 될 사람들, 또는 보이지 않는 주변의 모든 미명의 삶까지 짊어진다면, 실은 이 삶은 영원이라 불리 울 만한 우주에 가까운 연속이기에.

하나의 장면 속에서

거리를 걸어가는 사람들과 함께 동시에 한 방향을 향한다. 그러나 우리의 목적지도, 운명도 생애 주어진 시간도, 환경도 다 다르다. 이따금씩 거리를 걷는 동안에도 거리에서 떨어져나와 도심을 관망하는 사람이 된다.

걸어가는 내가 있고 서서히 한 장면 속을 걸어 나와 영화를 바라보듯 감상하는 내가 동시에 있다. 그 영화를 바라보는 나를 기록하는 나도 있다. 이렇게 하나의 장면 속을 걸어가도 무수한 의식의 차원이 마음의 눈에는 존재한다.

이토록 살아 꿈틀대는 모든 사건 속에서 걸어 나와 멀리 바라보는 장면들, 때로는 영화 속에서보다는 내 삶의 영화를 감독하며 상영되지 않는 미래를 그려보는 일, 멀리서 보면 더 잘 보이기에 내가 나에게서 떨어져 나와 나를 볼 수 있어야 한다.

그러니까 앞서 달려가기보다는 내가 어디로 향하는지, 말하기보다는 무엇을 말하고 싶어 하는지, 울기보다는 왜 울어야 했는지를 각본하고 구성할 수 있어야 한다.

우리는 저마다의 영화 속 주인공이 될 수 있지만, 그 영화의 해피엔딩을 결정하는 것은 감독의 일이기도 하다. 그렇게 상영되는 영화의 주인공이자 감독인 일을 나는 현재 동시에 하고 있다.

완벽한 나날들

새들은 꼭 새벽 4시면 깨운다. 시계를 보지 않아도 소리를 듣고 가늠할 수 있다. 아침 6시면 공터에 몰려와 아침 회의하는 비둘기, 또 비둘기 떼가 지나간 자리는 참새 직박구리 같은 새들이 번갈아 모여 지저귄다.

6시에 나오는 칸쵸와 7시에 나오는 수박이, 토리, 봉봉이, 몽글이 8시에 나오는 로또네, 12시에 만나는 대박이, 나처럼 매시간 산책하는 샤키와 밍키네, 밤이 친구들. 그리고 자주 그늘을 따라 함께 이동하며 앉아 있는 동네 어르신들, 각각의 작은 세계의 규칙이 모여 공터를 이룬다. 또 태양과 바람과 나무의 시간까지 더해 하루를 온전히 완성하고 있는, 이 장면을 가만히 바라보는 건 참 아름다운 일이다.

말을 하지 않아도 눈인사로 서로의 안부를 묻는 주민들, 태양 볕을 쇠며 오늘 저녁 찬 거리를 걱정하는 사람들, 그러다가도 내게 점점 말라간다며 밑반찬을 챙겨주시는 어머니들,

축구를 하거나 그림을 그리는 학생들, 놀이터에서 뛰노는 아이들. 벚꽃이 지면 아카시아 향이 숲을 채우고. 또 아카시아 꽃이 지면 밤꽃향이 점령하는, 내가 좋아하는 장미와 능소화, 천리향이 있는 동네. 이런 식물의 규칙적인 일과를 바라보는 일도 참 아름다운 일이다.

그럼에도 개인성은 그대로 두고 누구 한 명 붙잡는 법 없이 흘러간다. 나는 이런 소소하고 규칙적이며 다정한 풍경에 안정감을 느낀다. 인간의 불안과 공허를 외로움을 분명 가만히 메워주는 풍경. 시골보다는 생동감이 있고 도시보다는 여유로운 사람들의 발걸음도, 살아있는 것들의 눈빛들도 다 아름답다.

언젠가 늙어간다면 이렇게 살고 싶다. 라고 막연히 떠올렸던 그 풍경 속에 살고 있구나, 이 고요에 슬며시 참여해 앉아 있으면. 나 지금 잘살고 있는 거겠지.
이제 태양이 기울며 부지런히 밤을 끌고 올 차례이다.
나는 사실, 이 순서부터가 제일 설렌다.
완벽한 나날들이다.

아름다운 간격 속에서

　　　　　　　언어를 앞세우다 보면 진심은 분명 거기 있지 않았다. 생각과 생각이 뒤섞여 오해를 그리고 이해를 요구하는 그때부터 우리는 없었다. 때로는 서로를 침묵하는 시간 속에서, 멀고도 가까운 간격 속에서, 혹은 모르는 관계 속에서 더 진심일 때가 많았다.

오늘은 비 내리는 거리에 서서 천천히 풍경을 바라본다. 꽃을 모르는 꽃이 있었고, 바람을 모르는 바람이 있었다. 그 사이를 뚫고 지나가는 사람들의 촉촉한 발걸음, 아이를 안고 가는 엄마, 비를 맞지 않도록 우산을 씌워 주는 연인들, 그리고 담장의 꽃을 바라보며 걷는 사람, 검은 비닐봉지 한가득 저녁 만찬을 위해 장을 보고 집에 가는 노인의 어깨, 이상하게도 선명하게 보이는 장면 속에 삶이 있었다.

우리는 여기서 그리고 그 간격 속에서만 이상하게도 더 자세히 보인다. 가까이에서도 보이지 않는 마음들이 거기서 이토록 마음에 들어온다. 그러니까 우리가 우리이기 이전에 우리는 비로소 우리가 되는 기분이 든다.

스쳐 지나가는 누군가의 뒷모습을 가만히 바라보며 너무나도 아름다운 장면이라고 생각했다. 우리가 서로에게 말을 걸기 이전에, 빗속에 서서 서로를 모른다고 믿을 수 있는 그 거리에서만 어쩌면 우리는 가장 인간적인 모습을 드러낸다고 생각했다.

아름다운 간격 속에서 우리는 모두 웃는 사람이었다.

마음은 쓰는 것도
애원하는 것도
말하는 것도 아닌
마음은
단지 고요히 느끼게 하는 것.

주장하지 말고
설득하지 말며
이해시키지 말 것.
마음을 이야기 하기 전에
내 마음을 다스릴 것.

나가며

나는 모든 인간의 본성과 갈등, 그리고 인류, 사회적인 모든 목적 위에서 인간을 바라보고 싶다는 생각을 한다. 우리의 욕망과 고통, 눈물과 아픔이 얼마나 무의미한 것인지.

사람을, 삶을 사랑하며 살고 싶었다. 이해와 오해, 소문과 편견, 관념과 철학, 이기와 질투, 모함과 열등, 상처와 방어, 경계와 의심, 이 모든 것 위에서.

사람들 속으로

책의 막바지 작업이 끝나갈 때 즈음 나는 또다시 사람들 속으로 들어갔다. 그 속에서 생각을 풀어놓으면 때때로 혼자 앓고 있는 마음의 짐을 내려놓기도 한다.
아, 우리 사는 거 다 똑같다. 나만 그런 거 아닌 것 같아요. 다 그렇게 사나 봐. 내가 이상한 거 아니죠. 굳은 표정으로 시작한 대화의 끝에서 우리는 비로소 옅은 미소와 함께 한숨을 내려놓는다.

요즘은 책 때문인지 관계에 대한 이야기를 자주 한다. 모두 다 그렇게 고민하는 것 같아요. 그러니까 이상한 것도, 문제도 아니죠. 그건 너무 당연한 현상 같아요. 사람들, 관계, 사랑, 떠나가는 사람들과 남는 사람들, 아무도 잘못한 사람도 없어요. 작용과 반작용을 하며 그저 계절처럼 흘러가고 찾아올 뿐이죠. 자연스러운 현상일 뿐이에요. 우리의 마음도 계절을 겪겠지요. 움츠리고 마음을 펴기를 반복하며 그렇게 모두가 뒤돌아보기도 하고 나아가는 듯해요.

저마다 가진 마음의 작은 조각들을 나열해 놓았을 때, 퍼즐을 맞춰가듯 조립해보는 만남의 시간이 나는 기꺼이 반갑다. 용기 있게 숨기고 있던 아픈 조각을 가지런히 꺼내어 놓는 사람들의 마음이 너무나 감사하다. 그렇게 함께 놓고 바라보니 신기하게도 나를 조금 더 객관적으로 알아갈 수 있는 것 같다. 이렇게 나는 늘 사람들 속에서만 자신을 재발견할 수 있는 것이다.

그림자가 비로소 옅어지는 기분이 든다. 비로소 책이 완성되는 기분이 든다. 나의 그림자가 부디 나의 마음의 빗장을 걸어 두고 나아갈 수 있는 모든 길을 막고 서 있지는 않았으면 한다. 어떤 상황에서든 사람들을 피해 걷지 않기를 바란다. 상처에 매몰되지도, 아프다고 숨어들지도 않기를, 굳건히 일어나 다시금 마음을 다하는 사람이기를 바란다. 나도 내가 존경하는 사람들처럼, 마음을 거대하게 운용하는 사람이 되었으면 한다.

당신에게

나 하나 사는데 너무 많은 사람의 도움을 받는다.

빚지는 기분과 미안함, 그리고 감사함이 동시에 든다. 가족, 친구들, 지인들, 독자분들, 모르는 사람들도, 햇빛, 비, 바람, 숲, 새소리도, 내가 좋아하는 나무도, 그리고 글 따위를 쓰겠다며 희생되는 나무도, 이미 죽은 사람들도, 한 사람이 생존해나가는데 실은 모든 것이 동원된다. 그리 생각하면 저 혼자 살아간 것 같은 날들의 외로움과 슬픔 따위도, 웅크리고 고독 따위나 오래 생각했던 내가 참 이기적이구나 하는 생각도 든다.

이토록 사람들이 나를 깨운다.
나는 책 이후에 우리에 대한 생각을 어쩌면 더 많이 한 것 같다. 우리는 우리 곁에 없었다, 로 시작하는 책을 시작하였지만, 우리는 이토록 무관한 채 관여되어있다는 사실을 지금은 말하고 싶다.

당신에게, 꼭, 감사하다는 말을 전하고 싶다.

Du aber, Mensch

우리가 우리이기 이전에

—

지은이 © 안 리타
메일 an-rita@naver.com
펴낸곳 홀로씨의 테이블

1판 1쇄 발행 2019 년 07월 08일
1판 10쇄 발행 2024 년 08월 24일

IISBN 979-11-961829-3-9